Detlev von Liliencron

# Letzte Ernte

Verone

# Detlev von Liliencron

# Letzte Ernte

1st Edition | ISBN: 978-9-92500-164-4

Place of Publication: Nikosia, Cyprus

Erscheinungsjahr: 2016

TP Verone Publishing House Ltd.

Reproduktion des Originals in Großdruckschrift.

# Letzte Ernte

---

**Vorbemerkung des Nachlassverwalters:**
Die letzten sechs Novellen hat Liliencron selbst noch druckfertig gemacht. Nur die erste, aus seiner frühesten Dichterzeit stammende, ist von mir seiner letztüblichen Interpunktionsmethode und Orthografie angepasst worden.
*R. Dehmel.*

## Eine Soldatenfantasie

*Geschrieben in der Verbannung Kellinghusen 1872.*

Ein alter Kriegskamerad war bei mir gewesen; wir hatten bis spät in die Nacht zusammengesessen und uns alte Geschichten erzählt, alte Erinnerungen aufgefrischt. Um zwei Uhr endlich legte ich mich zur Ruhe. Es war eine warme Sommernacht; ich ließ im Nebenzimmer das Fenster offen. Vergebens versuchte ich einzuschlafen; es gelang mir nicht. Erst gegen sieben Uhr morgens verfiel ich in eine Art Halbschlummer –

Ich liege in meiner elenden Laubhütte; um mich herum höre ich die Feuer prasseln. Soldatenlieder tönen: ernste, schwermütige Weisen. Der Gesang wird schwächer und schwächer, wie aus weiter Ferne. Durch die dünnen Laubwände der Hütte hindurch sehe ich die Schatten einzelner Gruppen und Soldaten. Der Gesang hört ganz auf; nur noch ein wirres Gemurmel schlägt an mein Ohr, und ich schlafe ein ...

Das Bataillon ist auf dem Marsch; ein herrlicher Sommermorgen. Die Leute singen ihre Lieder:

Eine Schwalbe macht noch keinen Sommer, sum, sum,
Wenn sie auch die erste ist, sum, sum;
Mädchen, mach mir keinen Kummer, sum, sum,
Wenn du auch die schönste bist, sum, sum.
Denn es fällt ja so schwer, auseinander zu gehn,
Wenn die Hoffnung nicht wär auf ein Wieder-
Wiedersehn!

Wir marschieren durch einen Wald. Die Musik spielt an der Tete: »Wer hat dich, du schöner Wald, aufgebaut so hoch da droben?« – wie voll klingt das zwischen den hohen Buchen! – und: »O welche Lust, Soldat zu sein!« Nachher wird es heißen: der Durst plagt uns. Die Sonne steht hoch am Himmel; hin und wieder fällt ein Mann zusammen, es wird unerträglich heiß. Zsssss–bum! – eine Granate fährt zischend über die Köpfe und schlägt hundert Schritt von uns in den – Schnee. Ach ja! Wir sind ja im dänischen Kriege. Die Kompanien ziehen sich auseinander: »Die siebte Kompanie soll das Gehöft besetzen und sich darin einnisten!« bringt mir ein Adjutant den Befehl.

»Siebte Kompanie! In Zügen links marschiert auf. Marsch! Marsch! – Halblinks – Marsch! Flügelmann, gehen Sie direkt auf das große Gebäude zu mit dem hohen Schornstein!«

»Zu Befehl, Herr Hauptmann!«

Zsssss–bum! Zsssss–bum! Zwei Granaten schlagen kurz hintereinander in meine Kompanie.

»Nicht umsehn! Nicht umsehn!«, schrei ich. Dreizehn Krüppel liegen am Boden und färben den Schnee mit ihrem Blut. »Mutter, Mutter, hilf!« Noch einzelne gellende Schreie; ich werfe noch einen Blick zurück. Einer springt wie wahnsinnig wohl fünf Fuß in die Höhe. Der Schützenzug geht stramm und ruhig vorwärts. Da liegt mein Leutnant, der den Zug führte. Auf seinem Herzen nur ein kleiner dunkelblauer klebriger Fleck; keine Miene verzogen. Und in weiter Ferne betet ein junges, süßes Mädchen: »Herr Gott, in deiner ewigen Gnade, erhalt ihn mir!« –

»Zum Teufel, Jungs! Steht fest!« ruft mein kleiner Oberst mit dem riesigen grauen Schnurrbart und dem Gesicht wie faltiges Pergament.

Da sind wir schön in der Falle. Denke ich. Ein Generalstabsoffizier kommt in rasender Karriere auf mich zu: »Sie sollen das Wäldchen halten bis auf den letzten Mann, Herr Major!«

»Schön, schön.«

Hei, da kommen die Weißröcke. Wie deutlich hört man den Radetzkymarsch. Regiment auf Regiment! Ich postiere meine Kompanien hinter Bäumen an der Lisiere; aufgelöst. Nur eine Kompanie in Reserve zum Vorstoß in einen Ravin. Näher und näher kommen die feindlichen Regimenter. Näher und näher hört man die Musik. Ich gebe das Signal zum Feuern, und der Todesengel hält mit leichter Mühe seine Ernte in den feindlichen Reihen. Aber sie rücken dennoch vor wie eine weiße

Mauer. Immer neue Offiziere springen vor die Front. »Avanti, avanti!«, rufen sie den Italienern zu. Jetzt sind sie hundert Schritt vor der Lisiere. Meine Füsiliere feuern wie rasend. Noch einen Augenblick stürzen die österreichischen Linien vorwärts; jetzt stutzen sie. Dann machen sie Kehrt und eilen zurück. Aber von Neuem kommen sie. Es ist ein hartes Ringen; auch auf unsrer Seite fällt mancher Brave. Wo – war – das – doch? Bei Nachod? Richtig! Bei Nachod in der Avantgarde. Ein Hoch dem Westfälischen Füsilierregiment! –

Die Pferde erschossen, der Kopf entblößt, die Haare flattern im Winde; von der linken Backe rinnt Blut, die Zunge klebt am Gaumen, die Stimme ist krächzend wie bei einem hundertjährigen Raben. Der Körper bedeckt mit Schweiß und Blut und Schmutz bis zur Unkenntlichkeit. »En avant! En avant!« von allen Seiten. Wie Erbsen fliegen die kleinen Chassepotkugeln. Noch stehe ich in dem Gehöft; noch halte ich die Gartenmauer. Schwarze Teufel mit weißen fletschenden Zähnen, mit verdrehten, blutunterlaufenen Augen ringsum. Das ist die Hölle. Mein Hornist Nolsen ist noch bei mir, mein braver, guter Hornist. Eine Kugel fährt ihm von der linken Seite durch beide Augen. Er ist nicht tot; er stürzt in die Knie und nimmt meine rechte Hand. Er schreit in wütendem Schmerz. Er hält meine Hand; er presst sie in seinen letzten Augenblicken wie eine eiserne Klammer. Dann lässt er sie los und fällt zurück. »Hierher, hierher!«, schreie ich mit letzter Anstrengung. Ich gewinne mit wenigen Offizieren und Mannschaften das Hauptgebäude: »Hier sterben wir!« Die große Tür wird verrammelt, aber Brandgranaten fliegen ins Dach. Feuer! Feuer! Oben brennt es, die Funken fallen, der Rauch ist zum Ersticken. Die Tür wird aufgebrochen. Ein Einzelkampf entspinnt sich. Ein schwarzer Satan kniet mir auf der Brust. Ich sehe zwei weiße, wahnsinnige Augen, ein kurzes, flammenartiges Dolchmesser ...

Wo – war – es – doch? Wo war es? Ach, bei Wörth, in heißer Mittagsstunde! –

Der heiterste Sonnenschein erwärmt uns nach vielen Regentagen. Im Hintergrund glitzert die Kathedrale von Metz. Die Regimentsmusik spielt »Die weiße Dame«, das »Ständchen« von Schubert, »Träumereien« von Robert Schumann.

Hermann Busse und ich sitzen auf Trommeln; wir trinken »vin chaud«. Neben uns bratet der Bursche Omelettes aux confitures. Mehl, Wasser, Konfitüren sind da; Feuer und Bratpfanne auch. Wir erzählen uns von seiner Braut; wir sprechen von unsern Hoffnungen und Wünschen, von Vergangenem und Zukünftigem, von Glück und Liebe.

»Herr Major, wenn wir man blots ein bisken Eier hätten«, sagt Friedrich.

»Es wird auch so gehn.« Und es geht: Es schmeckt uns vortrefflich. Dann setzen wir uns zu Pferde. Hermann reitet seinen Schimmel, ein Geschenk seiner Braut. Die Kapelle spielt die Mitrailleusenpolka von Waßmann. Der Schimmel spitzt die Ohren, und in den zierlichsten Gangarten kurbettiert Hermann auf dem freien Platze. Und der Schimmel bläht die Nüstern und scharrt mit dem rechten Vorderhuf, und will wieder tanzen und sich zeigen; armes Schimmelchen, es war dein Schwanenlied. Es ist, als wenn er noch einmal sich zeigen will in seiner ganzen graziösen Gestalt. Und abends sitzen wir wieder zusammen bei Monsieur S., ancien gens d'armes en réserve. Wir haben ein nach der Mosel zu gehendes Zimmer. Vor unserm Fenster liegen die Stroh-hütten und Baracken der Leute. Hermann kocht Gulasch nach dem Rezept seiner Braut; und wir trinken heißen Grog und stoßen an auf das Wohl der fernen Lieben – auf alles Gute, auf alles Schöne und Edle.

Dann legen wir uns auf die harten Lager. Ich kann nicht gleich schlafen. Der Mond scheint ins Zimmer. Draußen hört man anrufen. Der Posten geht in gleich-mäßigem Schritt auf und ab. Aber was ist denn das? In unserm Zimmer trappelt auch etwas. Es kommt auf mein Lager zu. Zwei feurige Augen schauen mich an: Es ist Hermanns Pudel Grimmont. Ich tue, als wenn ich schlafe, und Freund Grimmont macht es sich nun be-quem auf meinen Füßen, aber leise, leise – behutsam.

Rupigny liegt vor meinen Augen. Mit seinen Feldwa-chen und nächtlichen Patrouillen, mit »monsieur le maire«, mit seinem alten, kesselförmigen Häuserbau und seinem »château« (mit dem fatalen Turmkomman-do), mit seinen Gräbern und Schützengräben, mit sei-nem pestartigen Geruch und den Milliarden Fliegen – mit all der Freud und all dem Leid, das wir dort erlebt haben.

Aber was ist das? Ah, unser Biwak hinter Charly. Es regnet seit drei Tagen und Nächten unaufhörlich mit Bindfaden. Wir sind zusammengeduckt in Hauptmann Ottos Hütte. Hier sind tentes d'abri ausgespannt; aber tropp – tropp – tropp – auch hier gehts los. Das Stroh ist

6

klitschenass, kein trockener Faden am ganzen Leibe, und doch: O welche Lust, Soldat zu sein! In all dem Regen, in all dem Schmutz hält jemand auf einer hellbraunen Stute vor der Hütte. Von den langen, kastanienbraunen Bartkoteletten tropft das Wasser. Aus den schwarzen, träumerischen Augen leuchtet heute Ärger, doppelter, dreifacher Ärger. Wir reichen dem »Onkel«, Leutnant Appelius, eine Flasche aufs Pferd: »Echter Nordhäuser!« Er setzt ihn an; aber er trank ihn nicht aus, denn Johann, der »Döskopf«, hat die Flasche mit einer Essigflasche verwechselt. Wie leicht ist das möglich in dem Wirrwarr. »Zu all dem Ärger auch das noch!« Sprachs, gab der hellbraunen Stute die Sporen und verschwand, uns mit Kot und Lehm bespritzend –

Wir sind auf dem Marsch zur Verfolgung Faidherbes, auf Cambrai und Arras. Es wird Nacht; noch immer kein Quartier.

Seit sechs Uhr früh reiten wir schon. Ossiansche Nebel begleiten uns bis ins Quartier. Grau in Grau. Ein feiner, scharfer, prickelnder Regen durchdringt uns. Schnee und Schmutz liegt auf den Wegen und Feldern. Es ist acht Uhr abends. Hermann und ich reiten zusammen vor dessen Kompanie. Er auf dem großen Rappen, im langen Mantel mit verschossenem Pelzkragen.

Es ist alles so stumm in der Kolonne, so totenartig; kein Gespräch will mehr in Gang kommen, die Zigarre schmeckt nicht mehr. Wir können nicht mehr vorwärtsreiten, der Bajonette wegen, die Wege sind zu eng. Ab und zu noch ein Wort. Die Kapotten sind schon längst über die Helme gezogen. Immer eintöniger, immer einsilbiger – es ist eine Gruppe der Unterwelt: nur schwarze, gespenstische Schatten. In weiter Ferne ein matter Ton wie ein Schuss – man hört nicht darauf –

»Nur ein Kamin und ein Bund Stroh!«, stöhne ich auf.

Hermann antwortet nicht.

»Nur ein Kamin und ein Bund Stroh!«, stöhne ich nochmals, lauter.

Hermann antwortet nicht.

Ein Grausen überfällt mich. Sind wir denn wirklich in der Unterwelt, nur noch Schatten? Meine Angst wächst ins Riesenhafte, bis zum Äußersten.

»Nur – ein – Kamin – und – ein Bund Stroh!«, schrei ich mit brüllender Stimme.

»Wa – wa – was ist da?«, sagt Hermann, und aus der Kolonne ruft es: »Ho, oho!« Mein alter Brauner ist auch ganz erschrocken.

Gott, wir leben! Und in der Ferne blinkt ein Licht, ein flackerndes, schnell aufleuchtendes; es ist *Marees*. Noch eine Viertelstunde, und wir liegen am Kamin auf einem Bund Stroh und schlafen den gottgesegneten Schlaf –

Es ist acht Uhr abends. Dunkelheit lagert schon über der Erde. Es wird nicht gesprochen, nicht geraucht: totenstill. Auf der Chaussee kommt jemand angeritten in kurzem, ruhigem Galopp. Er biegt links ab, auf uns zu ins Feld. Man sieht schon die Umrisse seines Pferdes. Er galoppiert an mich heran; ich stehe zunächst. »Wo ist der General von Blankensee?«, sagt er leise. »Hier!« ertönt eine Stimme. »Nun, Premierleutnant von Roques, solls endlich losgehn?« – »Zu Befehl, Herr General! Punkt neun Uhr sollen die Regimenter in Kompaniekolonnen, auseinandergezogen, dreißig Schritt Distanz, vorgehen und St. Remy und Ladonchamps nehmen.« Der General ruft die Offiziere zusammen und teilt uns den Befehl mit.

Es ist halb neun. Der kalte Herbstwind streicht über die Felder, und stiller und stiller wirds in den Bataillonen. Die Befehle sind gegeben. Die Kompanien stehen auseinandergezogen, mit dreißig Schritt Distanz. Der General hält die Uhr in der Hand. Vor der Front stehn die Offiziere. Sie flüstern; einzelne geben sich die Hand. Zum Abschied!? Ab und zu sehen sie in die Wolken, in den Mond. »Grüß mir meine Braut, du weißt ja ihre Adresse, wenn –« Und fast heiter wird das Geflüster.

Fünf Minuten vor neun. Die Offiziere gehen zu ihren Kompanien zurück, an ihre Plätze. Die Leute wissen längst, um was es sich handelt.

Wie manches Gebet steigt zum Höchsten, so kurz, so fast ohne jeden Zusammenhang: aber Gott verstehts.

Die Uhr ist neun!

Ein leises Kommandowort, und die Kompanien treten an. Wie große, schwarze Särge gehen sie nebeneinander: gleichmäßig, ruhig. Die Offiziere vorauf. Wie blitzen die Degen im Mondlicht! Hier und da liegen noch unbeerdigte Tote vom gestrigen Gefecht – grässlich verstümmelt –

In der Nähe vor uns wiehert ein Pferd. Ein langer, lang gezogener Ton wird aus einer Trompete gestoßen, ein einziger nur: Ein französisches Signal.

»Halt!« Der Befehl kommt höheren Orts. »Halt! – halt! – halt!«, tönts wie fernes Echo bei den Kompanien. Fünf

Minuten Rast; ein Aufatmen noch aus voller Brust. Vor uns liegt eine schwarze Häusermasse, St. Remy, dunkel und unheimlich. Grabesstille. Da – kurz und schnell – das Signal zum Avancieren! Ein Hurraruf aus sechstausend Kehlen ist die Antwort, und vorwärts gehts im Sturmschritt.

Ich umfasste krampfhaft den Degen, in der Linken den Revolver: »Vorwärts, Musketiere! Hurra! Hurra!« Ein furchtbares Feuer empfängt uns. Die Kompanien stürzen. Die Leute fallen, die Fahne sinkt zerschossen zu Boden. Ein Offizier hebt sie auf. »Vorwärts! Vorwärts! Ein Hundsfott, wer zurückbleibt!« Und hinein – hinein in die Hölle. Mit schrillem, rasselndem Klang schnarren die Mitrailleusen. »Vorwärts nur! Immer vorwärts!« Hermanns Schimmel erhält einen Schuss; das Tier macht noch einen rasenden Satz, dann bricht es zusammen. Hermann und ich kämpfen Mann an Mann, Arm an Arm; Hermann voraus. Die Sarazenerklinge funkelt. Wir sind an den Barrikaden, *auf* den Barrikaden. Jetzt stehe ich oben und will hinunterspringen; eine Kugel fährt mir ins Bein. Ich falle zurück. Neben mir steht der Hauptmann von Roques, eine hohe, edle Gestalt. Ein großer blonder Bart umrahmt das Gesicht.

> Will mir die Hand noch reichen –
> – – – – – – – – – – – – – –
> Bleib du im ew'gen Leben,
> Mein guter Kamerad! –

Eine Kugel trifft ihn gerade zwischen die Augen. »Meine Frau!« Das ist sein letzter Ruf, und lautlos bricht er zusammen.

»Vorwärts nur! Nur vorwärts!« – In meiner Nähe hält ein Offizier mit ernstem, ruhigem Gesicht. Keine Muskel zuckt. Er gibt seine Befehle wie auf dem Exerzierplatz. Das ist der Oberst von Sell. Die Leute sehen auf ihn; und wütend stürzen sie weiter.

Es ist zwölf Uhr nachts. Die Wagen sind überfüllt mit Verwundeten. Ich humple über das Schlachtfeld zurück ins alte Lager. Rechts führt mich ein leichtverwundeter Tambour, links mein treuer Bursche, durch den Arm geschossen. Wir klettern über Tote und Sterbende: »Wasser, Wasser! Um aller Heiligen willen!«, rufts hier und dort. Der Mond schwimmt ruhig am nächtlichen Himmel, die Sterne flimmern in ewiger Schönheit; der Wind hat sich gelegt. Endlich hört das Schlachtfeld auf. Nur einzelne Tote noch. Ein blasses Gesicht fällt mir auf: Ein schlanker junger Unteroffizier meines Regiments liegt hier an einem wilden Rosenbusch. Er muss gleich anfangs gefallen sein. Der Schuss traf ihn mitten durch die Brust. Wer kümmert sich um ihn!? Morgen wird er hineingelegt mit den andern in ein großes, gemeinschaftliches Grab. Es war ein so tüchtiger, braver Kerl. Eine einzelne Rose wiegt sich über ihm; sie küsst die kalten Züge. Ich breche sie ab und lege sie ihm aufs Herz:

> Auf ferner, fremder Aue,
> Da liegt ein toter Soldat,
> Ein ungezählter, vergessner,
> Wie brav er gekämpfet auch hat ...

Wo war es doch? Ach ja, am 7. Oktober vor Metz, bei St. Remy und Ladonchamps –

Die Abendsonne beleuchtet mit ihren letzten Strahlen das Schlachtfeld von St. Quentin. Die Dörfer brennen. Ich komme von einem langen Befehlsritt, übers ganze Schlachtfeld fast, zurück. Von allen Seiten, auf unsrer ganzen Linie nur ein fortwährendes Hurra. Ein fortwährendes Avancierenblasen. Ich halte mein Pferd an, lege ihm die Zügel auf den Hals; die Flanken schlagen, die Nüstern fliegen, die Schweißtropfen laufen ihm unter der Decke, am Bauchgurt, am Halse, an den Beinen hinunter. Zwischen den Hufen liegt ein Blaukittel, ein Franktireur, mit dem Gesicht zur Erde, die Arme ausgebreitet. Die Granaten sausen herüber, hinüber, über mich weg. Wie eine feurige Kugel senkt sich hinter St. Quentin die Sonne ins Meer der Unendlichkeit. Mein todmatter Fuchs streckt seinen Hals weit vor und wiehert in all den Schlachtlärm hinein. Ich stelle mich in die Steigbügel, reiße den Helm vom Kopf, schwenke ihn in die Luft und rufe: »Es lebe der König!« –

Grabmusik. Von allen Seiten klingen Choräle. Man begräbt die Toten – und auch dich, Franz, auch dich. Wo bin ich? Wo ist es doch? Bei Königgrätz am 4. Juli, auf der Höhe von Chlum.

Da liegst du mit deinem bleichen Gesicht, so ruhig, so still und heiter wie im Leben. Aber die lieben blauen Augen sind geschlossen. Wie wenig frohe Tage hattest du im Leben; wie sehntest du dich hinauf zur ewigen Herrlichkeit!

Ich drücke einen Kuss auf die stummen, lächelnden Lippen ... und schöner strahlt die Sonne. Ich werfe einen Blick nach oben – da kommen sie mir entgegen, meine gefallenen Freunde, meine toten Soldaten, die ich lieb hatte, die ich erzog, mit denen ich Lust und Leid ertrug, so manches Mal. Und ich sehe keine Wunden, kein Blut; nur heitre, liebe, strahlende Gesichter, und –

Vor mir stand mein Bursche: »Der Herr Musikmeister lassen fragen, ob der Herr Oberst erlaubten, dass der Herr Musikmeister fortgehen dürften?« Er überreichte mir das Programm.

Ich rieb mir die Augen – ich hatte *geträumt*. Auf dem Programm aber stand:

1. Potpourri von Soldatenliedern von Sachner.

2. Robert le Diable " Meyerbeer.

3. Die weiße Dame " Boieldieu.

4. Ständchen " Schubert.

5. Träumereien " R. Schuman.

6. Marschpotpourri " Waßmann.

7. Gebet nach der Schlacht " Rosen.

Ich sah lange auf den Zettel: »Der Kapellmeister soll noch einmal den Alten Dessauer spielen!«

»Zu Befehl, Herr Oberst.«

Ich warf mich in meinen Schlafrock und lehnte mich aus dem Fenster. Eine frische, kühle Morgenluft wehte mir entgegen. Unten erklangen die Töne des Alten Dessauers, des ewig herrlichen Soldatenliedes. »Mit Gott für König und Vaterland, und ginge es gegen die ganze Welt!« sprach ich laut.

Ich schloss das Fenster, zog mich vollends an und eilte zu meinen Tagespflichten.

## Der Blanke Hans

»De Blanke Hans« ward und wird noch heute die Nordsee von den deutschen Küstenbewohnern genannt. Mit der bösen Nordsee haben sie gerungen und ringen sie noch. Viele Sturmfluten haben Unendliches geraubt und vernichtet an Menschen und Tieren und Land. Die großen Fluten wurden und werden erst ganz außer sich, wenn der Ozean mehr Wasser als gewöhnlich nach Norden geschickt hat mit dem Südwestwind, und wenn dann, sobald diese Wasser »oben« sind, der Sturm plötzlich nach Nordost dreht. Dann drängt mit furchtbarer Gewalt die Strömung gegen die Deiche, von Holland bis nach Jütland. Erst im vorigen Jahrhundert sind die großen Winterdeiche (die See- und Außendeiche) mit außerordentlichen Kosten und Steuerlasten errichtet worden, »mathematisch« errichtet. Und seit dieser Zeit haben wir nicht mehr von solchen Überschwemmungen und Deichbrüchen gehört, wie sie sonst gang und gäbe waren in früheren Zeiten. Die letzte große Flut, die viele Menschenleben vernichtet und viel Schaden angestiftet hat, war achtzehnhundertfünfundzwanzig. Kurz vor dieser, einige Monate vorher, brach nur eine Deichstelle durch. Während alle dabei waren, sie auszubessern, kam die große Flut von achtzehnhundertfünfundzwanzig.

In der Nacht dieser »Vorflut«, wie man sie wohl nennen könnte, wenn man sie zu der großen Flut, die einige Monate später einsetzte und alles überschwemmte, rechnen will, in dieser Nacht war eine Gesellschaft bei dem Hofbesitzer Bendix Clausen. Seine Werft, nördlich von der Elbe, lag dicht hinterm Außendeich. Bendix Clausen hatte zu einer Kindstaufe geladen. Als der Sturm gegen Abend einsetzte und von Viertelstunde zu Viertelstunde wuchs, gingen die Eingeladenen nach Hause. Alle suchten so rasch wie möglich zu ihren Familien zu kommen. Aber kaum waren sie unterwegs, als der Deich gerade vor Bendix Clausens Werft brach. Alle, die jetzt noch miteinander unterwegs waren, flüchteten sich zum Hofbesitzer Harro Harrsen, dessen Haus just am nächsten lag.

Hier mussten alle, da das Wasser mit schneller Gewalt gekommen war, die ganze Nacht mit dem Besitzer und den Seinen auf dem Boden bleiben. Auch der Pastor, der mit der Gesellschaft geflüchtet war, befand sich unter ihnen.

In der vom Halbmond beschienenen Gegend konnten sie nur die wüsten Wogen sehen, die Harro Harrsens Werft umtobten. Endlich kam der Morgen, und die Geängstigten sahen, dass hie und da in der Nachbarschaft einige Häuser eingerissen waren. Als es immer heller wurde, ließ sich erst erkennen, wer und was sich alles auf dem Boden aufhielt. Es sah wild aus: Ein Durcheinander von Möbeln und Hausgerät, einige Ziegen und Schafe, ein Papagei in seinem Bauer, eine Wiege mit einem schreienden Kinde. Und alles durchdrängt von den Menschen.

Frerk Frerksen und die Tochter Harrsens, Merf Harrsen, standen bei Harro Harrsen an der Luke und schauten ihn ängstlich an. Harro Harrsen bog sich aus der Luke, mit der einen Hand die ihn Umdrängenden zurückhaltend, und rief hinunter, indem er ein Tau warf: »Fangt das Tau, Herr Landvogt!« Als er sieht, dass der Landvogt das Tau in der Hand hat, dreht er sich um und brüllt in den Raum: »Ist der große Feuerhaken hier oben?« Alle sehen sich um und suchen. Harro hält das Tauende fest, das hin und her schwankt, als wenn sich unten einer im stürmisch bewegten Boot festklammert. Harro schreit: »Den Haken her, den Haken her!« Und sich dann wieder aus der Luke beugend, ruft er nach draußen: »Haltet fest, Herr Landvogt!« Der Landvogt antwortet: »Schnell! Es geht nicht mehr. Meine Kräfte verlassen mich.« Harrsen wendet sich wieder zu den Menschen auf dem Boden: »Den Haken! Den Haken!« In diesem Augenblick wird er gefunden und an Harro gegeben, der wieder hinunterschreit: »Der Haken kommt, Herr Landvogt, passt auf! Nun! Tau los!« Der Haken fliegt hinab. Es ist totenstill im Kreise geworden.

Harro biegt sich hinaus. Dann, sich aufrichtend, ruft er den Versammelten zu: »Gerettet! Das war die höchste Zeit.« Im linken Arm hält der Landvogt Cile (Cäcilie) Bollmann, eine junge Witwe, die wie eine Tote den Kopf hintenübersenkt. Mit letzter Anstrengung schlug der Landvogt den Haken – die Rechte packte ihn im Fallen – ins Fensterkreuz. »Wer ist bei ihm? Ich sah helfende Arme«. Einer antwortet: »Tadema Frerksen.« Merf Harrsen sagt: »Tadema? Tadema ist unten? Ich will zu ihm.« Sie drängt nach der Treppe. Aber einige verlegen ihr den Weg: »Bleib doch! Geh nicht! Was willst du unten? Du kannst doch nicht helfen.« Merf beruhigt sich: »Gut, gut! Ich bleibe ja.« Sie geht abseits und steht in Gedanken. Harro wendet sich in den Raum und fragt: »Wer? Tadema ist unten?« Ein Greis erwidert ihm: »Sahst du ihn nicht? Seit einer halben Stunde schon kam der Tollkühne in einer Tonne hier an und blieb unten. Wir schrien ihm doch alle zu.«

»Ach so. Der Sturm blies wohl die Erinnerung aus. Aber was will er hier? Frerksens Haus steht ja noch.«

»Frerk Frerksen ist unten jetzt bei seinem Sohn. Er ging hinab, als du den Haken warfst. Da kommt er.«

Auf der obersten Treppenstufe lärmt Frerk: »Bringt Betten her und Decken.«

Harro: »Das schwimmt ja noch alles unten. Bringt doch die Cile herauf.«

»Sie liegt in tiefer Ohnmacht. Der Landvogt will, dass sie deshalb eine kurze Zeit unten bleibt. Gebt nur Betten her. Die Flut spült schon von der Haustür zurück. Wir können bald die Boote unten aus den Fenstern lassen. In den Zimmern ist kein Wasser mehr.«

»Gut, dann gebt an Frerk Betten und Decken und Tücher.«

Alles wird Frerksen aufgepackt. Mit ihm gehn einige die Treppe hinunter.

Harro bleibt an der Luke stehen und schaut hinaus. Dann sagt er: »Die Flut sinkt zurück. Bei Tannwarft, seht, zeigt sich schon wieder die Krone des Deichs. Da muss der Durchbruch sein. Der große spanische Dreimaster brennt noch. Er sitzt quer durch Mumme Mummsens Haus.«

Harro wendet sich an den Pastor und bittet ihn um ein Gebet. Der Pastor faltet die Hände und sieht nach oben.

Alle knien um ihn. Der Pastor betet: »Herr, wir glauben, hilf unserm Unglauben. Im Anfang schuf Gott Himmel und Erde. Und die Erde war wüst und leer, und es war finster über der Tiefe; der Geist Gottes schwebte auf dem Wasser. Und Gott sprach: Es werde eine Feste zwischen den Wassern, und die sei ein Unterschied zwischen den Wassern. Und deine Wasser, großer Gott, hast du wieder gesandt, und die Feste hast du genommen. Und vieles hast du uns genommen, unser Land, unser Vieh, unser Geschirr. Vielen nahmst du das Haus. Und vielen nahmst du den Ernährer, manchem sein Weib, seine Kinder, die von der Flut ertränkt sind und nun im weiten Ozean treiben. Du hast es gegeben, du hast es genommen. Dein Name sei gepriesen.«

Der Pastor hält etwas inne, dann spricht er weiter, wie in Verwunderung, leise, zag: »Herr, wenn wir nun auf unsere Werften kommen und finden unsere Häuser nicht mehr, unsere Weiber, unsere Kinder, beuge demütig unser Haupt und halte unsere Zunge, dass wir nicht in Versuchung kommen, dich, den Gerechten, zu lästern.«

Und noch einmal hält der Pastor eine Minute inne, dann spricht er mit glänzenden, freudigen Augen: »Und nun, Herr, gib neue Kraft zur Arbeit, zum Aufbauen. Gib uns deinen Segen. Dein Name sei gepriesen in Ewigkeit. Amen.«

In diesem Augenblick traf durch die Luke ein schräger Sonnenstrahl, als wenn er sich einen Weg durch die Wolken gesucht hätte. Er blieb nur einige Sekunden. Alle hatten ihn gemerkt; alle hat er getröstet.

Der Pastor rief wie ein Hellseher: »Die Sonne, die Sonne! Gottes Auge hat uns gesehen!« Und die Anwesenden schrien: »Die Sonne, die Sonne! Gott will uns helfen!«

Nun gingen alle die Treppe hinunter. Nur Frerk Frerksen und Harro Harrsen blieben oben. Frerk, der an der Treppe steht, ruft: »Harro!« Harro, der noch an der Luke ist und hinaussieht, antwortet, sich zu Frerk wendend: »Frerk, du bist noch hier? Was willst du?« Frerk sieht finster vor sich hin und spricht: »Ich bin nicht dein Gast. Nur die Flut trieb mich in dein Haus, als ich gestern Abend mit den andern bei dir vorbeikam; ich konnte meine Werft nicht mehr erreichen.«

»Hab ich dir meine Schwelle verweigert, Frerk? Hab ich dich ins Wasser gestoßen?«

»Harro!«

»Was willst du noch, Frerk? Die Wege sind frei. Die Boote schaukeln schon an der Tür; was steigst du nicht ein?«

Frerk geht auf Harro zu: »Deine Hand will ich, Harro.« Er streckt ihm seine Hand entgegen, die Harro nicht nimmt. Frerk spricht wie zu sich: »Dein Weib ist längst begraben ...« Harro schreit wütend: »Was erinnerst du mich!« Er geht auf Frerk zu, als wenn er ihn packen will.

Frerk: »Gib mir deine Hand, Harro.«

Harro: »Ich will nicht!« Ihn anschauend: »Und unsre Felder? Unser streitiger Grenzgraben, den du ...«

Frerk leise: »Den hat Gott diese Nacht zerstört. Diese Stunde ist heilig, Harro. Gott hat es so gefügt. Gib mir deine Hand.«

Harro hält, wieder hinaussehend, seine rechte Hand wie abwehrend und doch gebend nach rückwärts: »Frerk!« Frerk ergreift sie und sagt voller Herzlichkeit: »Ich halte sie fest.«

Harro wendet sich zu ihm: »Die Flut hats abgewaschen, die Flut hat alles weggetragen. Wir wollen vergessen, Frerk.« Die beiden Männer stehn sich Auge in Auge gegenüber. Frerk sagt gerührt: »Vergessen ... vergessen ...« Harro antwortet hart: »Keine Tränen, der Friese weint nicht.« Aber Frerk antwortet: »Der Friese ist ein Mensch wie alle andern. Neunzehn Jahre sinds, dass wir wieder die ersten Worte miteinander wechseln. Hier wollen wirs gleich besprechen. Unten sind sie noch nicht fertig mit dem Einsteigen in die Boote. Lass Tadema und Merf ein Paar werden. Sie gehören zusammen. Der alte Streit wäre aus, wenn unsre Kinder ...« Harro meint: »Merf liebt deinen Tadema, ich habs gemerkt.«

»Und Tadema deine Merf.«

»Halt! Das ist vorüber. Die junge Witwe, Cile, hats ihm angetan.«

»Dass sie nie wieder unsre Landschaft betreten hätte.«

»Dass die Flut sie diese Nacht mitgeschleppt hätte.«

»Aber früher doch, ich weiß es sicher, sahn sich Tadema und Merf heimlich; sie hatten sich gern.«

Auf der Treppe, heraufsteigend, erscheint Merf. Sie geht mit ringenden Händen an die Luke. Frerk und Harro haben sie sofort bemerkt. Merf spricht für sich durcheinander: »Tadema liebt sie; er hat mich verlassen. Wenn er sich über sie bog, ich sahs, ich sahs. Jedes Wimperhaar von ihm wurde für sie zum Mantel. Wie er den Landvogt anschaute, der ihr das Haupt rückte. Wie er die Stirn zog gegen alle, die Cile zurechtlegen wollten. Und mich hat er nicht einmal bemerkt. Kurz ist der Tod.« ... Merf beugt sich aus der Luke. Frerk und Harro springen zu und halten sie zurück. Sie ringt, wie abwesend, mit ihnen: »Lasst mich, lasst mich ...« Harro spricht auf sie ein: »Unsinnig Mädchen du. Das heißt Gott versuchen, der dich diese Nacht gerettet hat.«

In diesem Augenblick kommt Cile die Treppe herauf, vom Landvogt und von Tadema getragen. Cile ist ohnmächtig. Einige Nachdrängende haben Betten in den Armen und legen sie hin. Der Landvogt sagt: »Legt sie sanft nieder.« Tadema bittet: »Lassen Sie mich nur allein, Herr Landvogt.« Dann beugt er sich geschäftig über die bewusstlose Cile. Merf Harrsen, die von ihrem Vater und von Frerk an die Treppe geführt worden ist, reißt sich los und fliegt auf Tadema zu, ihn umklammernd. Tadema sieht sie verwundert an: »Du hier, Merf?« Sie antwortet leidenschaftlich: »Komm mit hinunter; ich bitt dich, komm.« Aber Tadema gibt ihr kalt Antwort: »Ich habe hier mit einer Ohnmächtigen zu tun; du bist gesund, Merf.« Da lässt sie ihn los und bittet ihren Vater, sich an seine Schulter lehnend: »Nimm mich mit, Vater. Ich bin hier überflüssig.« Der Landvogt spricht dem mit seiner Tochter verschwindenden Harro nach: »Ich schüttle Ihnen unten die Hand. Kopf hoch, Harrsen!« Dann wendet er sich zu Frerk Frerksen: »Das war eine Nacht, Frerksen!«

»Dass Sie hier sind, Herr Landvogt! Nun dürfen Sie uns nicht verlassen.«

»Ehe wir den Deich so fest haben, dass kein Durchbruch mehr möglich ist. Jahre wirds dauern.«

Cile erwacht. Sie redet im Fieber: »Der Balken stürzt ... Mein Vater ... sein Blut rieselt ... Die Welle frisst mich, sie hat Zähne ... Mein Vater, mein Vater ...« Dann schläft sie wieder ein.

Der Landvogt sagt zu Frerksen: »Sie glauben nicht, wie furchtbar diese Nacht war. Bis gegen Morgen hielt sich das Haus. Ciles Vater, der alte Jansen, lag von einem Balken erschlagen. Es gelang mir, das Boot auszusetzen. Cile sank wie tot über ihren Vater. Ich konnte sie kaum aufheben. Als ich mit ihr vom Hause abstieß, brach alles zusammen; und die Trümmer schwammen mit uns. Ich hatte genug zu tun, dass unser Boot nicht zermalmt wurde. Neben uns, um uns Leichen von Menschen und Tieren; und tausend Sachen. Da taucht die Leiche des alten Jansen bei unserm Boot auf. Cile erwacht und sieht ihren Vater, der mit den Haaren in der Krone eines Birnbaums hängen geblieben ist. Sie ist wie wahnsinnig, will hinaus. Ich schlage ihr die Stirn, und sie fällt wie leblos neben mir im Boot hin. Ich sah Harrsens Haus, und es gelingt mir, hierher zu kommen.«

Der Landvogt fährt fort: »Ich war gestern bei der Strandauktion gewesen. Wer von uns konnte denken, dass der Sturm so plötzlich nach Nordwest drehn würde. Ich kam nur bis zu Jansens Haus, weiter ging es nicht. Ich habe nur getan, wozu mich Selbsterhaltung zwang. Dass ich Cile rettete, ist ja selbstverständlich.«

In einem gut eingerichteten Zimmer der Landvogtei saß die Frau des Landvogts Timm Jaspersen, Klothilde

Jaspersen. Sie hatte die Ellbogen auf die Sessellehnen gestützt und die gespreizten Finger gegeneinander gestellt. Ihr gegenüber stand ihr Schwager Jeppe Jaspersen, Rittmeister im dänischen Kürassierregiment Baron Löwenörn, der für einige Wochen auf Urlaub eingetroffen war.

»Nimm es mir nicht für ungut, liebe Klothilde«, meinte der Rittmeister, »aber eure Landschaft ist fürchterlich. Wenn du und Timm nicht hier wäret, ich wüsste nicht, wie ich es aushalten sollte. Und ich bin doch erst seit gestern da. Du, Ärmste, und Timm, ihr seid nun schon über zehn Jahre auf diesem weltvergessenen Fleck.«

»Ja, über zehn lange Jahre, Jeppe.«

»Ist denn keine Möglichkeit, dass sich Timm anderswo verbessern kann?«

»Nun, nach endlosen Bitten und Überredungen hatte ich Timm so weit, dass er in Kopenhagen seine Versetzung beantragen wollte; da kam die Sturmflut, und nun will er nicht von hier weg, bis der Deich geordnet ist. Und damit können wieder Jahre hingehen.«

»Aber wie hältst du es denn aus in dieser Einsamkeit? Ihr lebt, verzeih mir die Frage, noch immer glücklich?«

»Sprechen wir von was anderm. Ich habe mich noch immer nicht erholen können von der schrecklichen Sturmflutnacht, wenn auch schon Monate vergangen sind.«

Sie erhob sich, und beide traten ans Fenster: »Hier stand ich die ganze Nacht, die Hand aufs Herz gepresst. Timm war nicht anwesend. Ich verging in Angst um ihn. Du siehst die ganze Landschaft vor dir: Wenns auch nur ein Deichbruch gewesen ist, aber ich konnte doch während der Nacht einzelne Brände sehen, die durch die Ratlosigkeit der Bewohner entstanden sein mochten, weil sie bei dem überstürzten Flüchten in die oberen Räume nicht achtgegeben hatten auf Herd und Licht. Du siehst da das große Wrack auf dem kleinen Hügel. Da lag das Haus Mumme Mummsens. Es brannte. In dies brennende Haus sah ich ein großes Schiff mitten hineinjagen und festsitzen. Bald stand auch dies in Flammen. Es war ein spanischer Dreimaster, der durch den gebrochenen Deich hineingefahren ist. Ich sah, wie die Mannschaft auf dem Deck hin und her rannte. Am andern Mittag endlich kam Timm zurück. Wir grüßten uns; dann ging er, als wäre nichts geschehen, auf sein Büro, um zu arbeiten.«

»Wo denn«, fragte der Rittmeister, »hat er die Nacht zugebracht?«

»Er war nachmittags zu einer Strandauktion gegangen, die dort angesetzt war, wo später der Deichbruch gewesen ist. Als er schon unterwegs nach Hause war, überfiel ihn die Flut, und er kam noch glücklich auf die Werft des alten Jansen. In der Nacht wurde dieser von einem abstürzenden Balken erschlagen. Timm rettete dann in einem Boot die Tochter des Erschlagenen, eine junge Witwe, Cäcilie Bollmann aus Berlin, die seit einem halben Jahr bei ihrem Vater lebte. Über sie wird dir Harrsen Antwort geben können.«

»Aber, liebe Klothilde, wer ist Harrsen? Es ist unmöglich, dass ich schon alle kenne in der Landschaft.«

Ein Diener trat ein und meldete, dass Herr Harrsen und seine Tochter Merf bäten, vorgelassen zu werden.

»Ich lasse bitten.«

»Quand on parle du loup«, lachte der Rittmeister. »Gut, er kann mir über die junge Witwe mitteilen. Es dämmert mir ein Abenteuer auf.«

Frau Klothilde hatte noch Zeit zu sagen: »Jeppe, nimm dich vor den Friesinnen in acht.« Da erschien schon Harro Harrsen mit seiner Tochter Merf.

Zuerst drehte sich das Gespräch um die Sturmflut, und Harrsen erzählte, dass sie nicht so schlimm gewesen sei.

Frau Jaspersen fragte, wie lange es wohl dauern würde, bis der Deich wieder in Ordnung sei.

Harrsen erwiderte: »Kein Absehen, gnädige Frau. Eine neue Sturmflut kann jeden Tag kommen. Wir sind erst sicher, wenn es keine Sommerdeiche mehr gibt; wenn die Deiche für alle Fälle schützen.«

»So werdens Jahre werden. Doch wir sind abgekommen von Ihren Wünschen, Herr Harrsen.«

»Es ist kurz gesagt: Meine Tochter Merf möchte in Kopenhagen oder in Hamburg in einer gebildeten Familie das Hauswesen lernen. Bis nun die Abmachungen getroffen sind, war es ihr sehnlichstes Verlangen, sich in der Landvogtei bei Ihnen, gnädige Frau, umsehn zu dürfen, damit sie nicht zu unvorbereitet in die Welt tritt.«

Klothilde ging mit Freuden auf Harrsens Plan ein. Harrsen fragte nach den Bedingungen.

»Ich habe nur die eine«, antwortete Frau Jaspersen: »Merf bleibt gleich hier. Ich schicke nach ihren Sachen.«

Sie erhob sich. Während sie sich mit Merf entfernte, bat sie Harrsen, ihrem Schwager die Geschichte der jungen Witwe zu erzählen.

Harro wandte sich an den Rittmeister und berichtete ihm: »Die Geschichte der jungen Witwe Cäcilie – bei uns Cile genannt – ist bald gegeben: Ihr Vater lebte in unsrer Landschaft von einem kleinen Ruhegehalt. Seine Tochter Cile verheiratete sich nach Berlin, wo sie schon nach einem halben Jahre Witwe wurde. Sie zog dann zu ihrem Vater hierher, um ihm die Wirtschaft zu führen. Sie hat es aber nicht verstanden, sich bei uns und mit uns einzuleben. Die Weiber sind eifersüchtig auf sie.«

»Da bin ich gespannt, sie zu sehen. Wie ist ihr Ruf sonst?«

»Ohne jeden Tadel.« Harrsen empfahl sich. Der Rittmeister ging ans Fenster und sah seinen Bruder. Er dachte über ihn in diesem Augenblick: Immer ernst, immer ruhig; so kenn ich ihn, so lang ich denken kann. Als Knabe zog er sich in sich zurück; und als Mann ist er so geblieben. Seine einzige Freude, seine einzige Erholung ist die Arbeit. Und seine einzigen Gedanken sind, wie er seinen Mitmenschen behilflich, ihnen nützlich sein kann.

Der Landvogt trat ein: »Da bin ich wieder.«

Der Rittmeister antwortete ihm lachend: »Und du erlaubst, dass ich mich gleich entferne. Offen gestanden, ich möchte eure geheimnisvolle junge Witwe Cile Bollmann, die du aus den Fluten rettetest, kennenlernen.«

Der Landvogt sah seinen Bruder ein wenig verdutzt an.

»Ja, aber was machst du denn für ein Gesicht, Timm? Da hab ich wieder meinen moralischen Bruder. Du solltest dich freuen, dass mir das Herz nach Abenteuern schlägt; ich wär hier sonst verloren. Keine Unruhe, Timm; fürchte nicht, dass ich Klothilden und dir Unannehmlichkeiten machen werde. Addio!«

Der Landvogt blieb allein. Er stand am Tisch und stützte seine Hand auf ihn. Seine Gedanken gingen ihren unruhigen Weg: Ich kanns nicht länger tragen. Und doch heißt es weiterleben. Dass ich mir Cile nicht aus dem Kopf bringen kann. Was sagt mein lieber Kaiser Marc Aurel? Behalte die Gegenwart in deiner Gewalt!

Frau Cäcilie Bollmann wurde gemeldet.

»Ich bin zu sprechen.«

Behalte die Gegenwart in deiner Gewalt!

Cäcilie Bollmann, in tiefer Trauerkleidung, trat ein.

»Guten Tag, Frau Bollmann; womit kann ich Ihnen behilflich sein?«

»Ich komme, um Ihnen noch einmal herzlich zu danken und (das sagte sie leiser) um Lebwohl zu sagen.«

»Lebwohl zu sagen? Sie wollen die Landschaft verlassen?«

»Ich stehe jetzt ganz vereinsamt hier. Verwandte meines verstorbenen Mannes in Berlin haben mir angeboten, zu ihnen zu ziehen.«

»Und wann wollen Sie reisen, Cile?«

»Morgen.«

»Morgen schon? Wenn ich Ihnen raten darf: Warten Sie noch, bis Ihre hiesigen Angelegenheiten geordnet sind.

Ich bin als Ihr Sachwalter bestellt, und da wäre doch noch manches zu besprechen.«

»Aber ich möchte weg. Es fällt mir schwer, zu bleiben.«

»Es fällt Ihnen schwer, zu bleiben? Sie haben jetzt eine hübsche Wohnung. Manches von Ihren Sachen ist aufgefischt und steht wieder in Ihren Zimmern.«

»Und wie lange hätte ich noch zu bleiben?«

»Das lässt sich nicht auf den Tag bestimmen. Einige Wochen wirds immerhin dauern.«

»Dann werde ich so lange warten.«

»Nehmen Sie meine Hand als Dank.«

»Als Dank?«

»Ja ... sonst ... es würde mir Weitläufigkeiten verursacht haben.«

Der Landvogt ging mit ihr ans Fenster: »Sehen Sie, wie die Landschaft von hier aus liegt. Dort stand Ihr Haus.«

Cile weint. »Oh, bitte ... die Erinnerung ... Vergeben Sie mir, dass ich weine.« Sie nimmt eine Hand des Landvogts, beugt sich darüber und küsst sie.

Da trat der Rittmeister ein. »Ich störe in dienstlichen Angelegenheiten, bitte um Entschuldigung.«

»Nein, nicht im geringsten, lieber Jeppe.« Der Landvogt verneigt sich vor Cile, die hinausgeht. Der Rittmeister macht ihr eine tiefe Verbeugung.

»Alle Wetter, Timm, wer war die Dame?«

»Das war Frau Bollmann.«

»Die junge Witwe? Ei tausend, da will ich hinterher. Du, Bruder, hast kein Herz für so was. Lebwohl.«

Der Landvogt bleibt allein und sagt leise vor sich hin: Kein Herz dafür. Wenn er mein Herz gesehen hätte, wie es mir bis in die Halsadern schlug. Es traf sich gut, dass Jeppe eintrat. Bei Gott, es hätte nicht viel gefehlt. Und wie schwach ich gewesen bin, statt sie in ihrem Entschluss zu bestärken, schon morgen abzureisen ...

Draußen wurden heftig gegeneinanderredende Stimmen laut. Der Landvogt sah gespannt nach der Tür, die plötzlich aufspringt: Frerk Frerksen zerrt seinen sich sträubenden Sohn Tadema ins Zimmer. Mit einem wütenden Ruck schleudert er seinen Sohn von sich. Tadema bleibt mit nach unten gerichteten Augen stumm stehen. Frerksen lärmt, ohne den Landvogt um Entschuldigung zu bitten: »Vor die Obrigkeit sollst du, du nichtsnutziger Junge du!«

Der Landvogt wendet sich den beiden zu: »Aber Frerksen, welche Aufregung; was ist vorgefallen? Vor allen Dingen bitt ich um Ruhe.«

Frerksen spricht leidenschaftlich zum Landvogt: »Zu nichts ist er tauglich seit der Sturmflut. Er arbeitet nicht, schaut in die Wolken. Heut wars zu arg. Ich verwies ihm ernstlich seine ewige Kopfhängerei. Da ging er gegen mich an. Fast wärs zu Tätlichkeiten ausgeartet zwischen Vater und Sohn. Der Cile läuft er nach.«

»Vater!«

»Liegt nachts vor ihrem Fenster.«

»Vater, ich bitt dich!«

Der Landvogt mengte sich jetzt ein: »Das sind Sachen zwischen Vater und Sohn, in die sich die Obrigkeit nicht einmischen kann.«

»Versuchen Sie es, Herr Landvogt! Ich bitte Sie. Hat einer noch Gewalt über ihn, sind Sie es. Um Verzeihung, dass ich so eingetreten bin. Ich gehe. Sie werden meinem Sohn den rechten Weg weisen.«

Und damit ging Frerk Frerksen und ließ die beiden allein.

»Tadema!«

Aber Tadema bleibt in seiner trotzigen Haltung, auf den Boden stierend.

»Tadema!«

»Herr Landvogt?«

»Willst du nicht näher treten. Ich will dich nicht schelten. Sieh, dein junges Herz ist getroffen; schwer. Es blutet. Du liebst zum ersten Mal. Du liebst Cile. Ist es nicht so?«

»Ja, Herr Landvogt.«

»Nun, Tadema, hat Cile dich gern?«

Tadema kämpft mit seinen Tränen. »Ich bin ihr gleichgültig.«

»Und nun kämpfst du den ersten harten Kampf. Es dünkt dich unerträglich. Aber du wirst nicht davon sterben. Allmählich kommst du wieder zu dir. Ein Mittel nenn ich dir: Arbeite! Es ist dazu wahrlich jetzt Gelegenheit bei uns. Hilf deinem braven Vater. Zwing dich, an die Scholle zu denken, an den Spaten, wenn du ihn in die Scholle stößt.«

Tadema schluchzt. Der Landvogt legt seinen Arm um ihn. »Und nun höre, mein junger Freund: In einigen Wochen verlässt uns Cile. Dann wirst du frei sein.«

Und für sich sagte der Landvogt: Dann sind wir beide frei.

Der Garten der Vogtei lag hinter einem Innendeich. Das Landhaus stand von Rieseneschen umsäumt. Auf einem Grasplatz war eine Sonnenuhr, die die Jahreszahl 1711 trug. Auf dem Zeiger stand: Una ex hisce morieris. (In einer dieser Stunden wirst du sterben.) Auf den Deich hinauf führte ein schräger Fußweg. Es war ein heißer Junitag. An einem Gartentisch saßen im Schatten Frau Jaspersen und Merf Harrsen, mit Stickereien in den Händen. Frau Klothilde sagte zu Merf: »Nur zwei-dreimal im Jahre haben wir hier einen schönen, stillen Tag wie heute. Diese paar Tage sind dann immer wie eine kleine Versöhnung für mich.«

»Ich kann es Ihnen nachfühlen, gnädige Frau. Wir, die wir hier geboren sind und die übrige Welt nicht kennen, fühlen uns wohl.«

»Wissen Sie, liebes Kind, dass es heut gerade drei Monate sind seit der schrecklichen Nacht.«

»Sie sollen nicht mehr an die Sturmflut denken, gnädige Frau.«

»Und wenn ich tausend Jahre alt würde ... Es ist mir übrigens völlig unerklärlich, wie schnell sich alles erholt hat.«

Hinterm Deich erklang eines Mannes Stimme:

> Du brichst ein dürres Ästlein,
> Das ist so knospenleer,
> Und reichst mir dann die Hände –
> Wir sahn uns nimmermehr.

Klothilde und Merf horchten.

»Wer mag der Sänger sein?«

»Der Herr Rittmeister?«

»Aber ich bitte.«

In demselben Augenblick erschien der Rittmeister auf dem Deich und ging in den Garten zu den Damen.

Klothilde rief: »Wahrhaftig, du bist es!«

Der Rittmeister begrüßte die Damen und sprach lustig: »Ach, wenn ich das gewusst hätte.«

»Das ahnte ich allerdings nicht von dir, dass du eine so hübsche Stimme hast.«

»Und dass ich außerdem der Dichter des Liedes bin«, lachte der Rittmeister.

»Wie? Dann musst du es gleich hersagen, als Strafe für deine Überraschung. Und wie heißt die Überschrift?«

»Ja, wie solls denn heißen; daran hab ich noch nicht gedacht. Halt, so solls heißen: »Verbotene Liebe«.

Die Nacht ist rau und einsam,
Die Bäume stehn entlaubt.
Es ruht an meiner Schulter
Dein kummerschweres Haupt.

Von den Deichen ebben die Wasser,
In die Ferne zieht der Feind,
Gleichgültig glänzen die Sterne,
Dein schönes Auge weint.

Du brichst ein dürres Ästlein,
Das ist so knospenleer,
Und reichst mir dann die Hände –

Wir sahn uns nimmermehr.

»Aber wie kommst du zu dem Gedicht? Ich bin erstaunt.«

»Soso, lala, ich erdachts mir vorhin auf den Muscheln am Strande. Doch tu mir den einzigen Gefallen und halte mich nicht für einen Dichter. Der bin ich nicht. Aber ich habe großen Hunger. Das macht eure Seeluft.«

»Willst du hier frühstücken bei uns, dann wird Fräulein Harrsen alles herbringen.«

»Bitte, keine Umstände. Ich geh ins Haus und esse drinnen.«

»Gut, ich habe alles für dich zurechtgestellt. Du weißt ja, wo der Rüdesheimer steht.«

»Tausend Dank! Übrigens, ich bin bald wieder hier; dann müssen die Damen einen Spaziergang mit mir machen. Es ist zu schön. Aus jedem Kieselstein blitzen viele Sonnen. Wir haben bald Hochflut. Die Welle ist so liebenswürdig, heut ein Kindergeplauder zu plätschern. Also keine Teufelei dahinter.« Dann ging der Rittmeister ins Haus. In der Tür wandte er sich noch einmal und rief den Damen zu: »Die Sonnenschirme bring ich mit.«

Frau Jaspersen sagte ernst zu Merf: »Ich weiß nicht, das Gedicht hat mir das Herz beklemmt.«

»Oh, gnädige Frau, Sie sollen nicht traurig sein. Alles, alles wird noch gut werden.«

»Sie liebes Kind Sie, mit Ihrem wunden Herzen, und trösten mich noch. Hören Sie, Merf, wir wollen beim Spaziergang nachher mal bei dem Hause von Frau Bollmann vorbeigehn. Ich kenne ihre neue Wohnung noch nicht. Meinem Schwager brauchen wir unsre Absicht nicht zu verraten. Der schwärmt für sie und ist verliebt in sie; aber er nimmts auf die leichte Schulter. Was ist es eigentlich mit dieser Person? Ich höre, dass sie nach Berlin zu Verwandten ziehen will. Was hat denn mein Mann immer in ihrem Hause zu tun?«

»Er ist ihr Sachwalter und hat deshalb manches mit ihr zu besprechen.«

Jeppe erscheint wieder. Alle gehen nun den Deich hinauf, um ihren Spaziergang anzutreten.

Wie auf der Bühne im Theater wars: Kaum sind die drei verschwunden, als die junge Witwe den Garten betritt. Sie hat sie weggehn sehen und weiß, dass sie allein im Garten ist. Sie setzt sich in einen Stuhl und blättert im Buch von Frau Jaspersen, schlägt es gleich darauf wieder zu. Dann scharrt sie mit ihrem Sonnenschirm im Sande vor sich. Sie sitzt ganz in Gedanken und hat es nicht bemerkt, dass der Landvogt eben aus der Tür getreten ist. Sie erschrickt. Der Landvogt bittet sie, mit ihm auf sein Arbeitszimmer zu kommen, wo sie alles besprechen könnten. Sie gehen dorthin.

»Was verschafft mir die Freude? Ich ahne, dass Sie mich fragen wollen wegen des Verkaufs Ihres Hauses. Nun, die Verhandlung ist angesetzt.«

»Ich wollte allerdings ...«

»Und so steht es bei Ihnen fest, dass Sie uns für immer verlassen wollen?«

»Ja«

»Aber dann, wenn ich Sie nicht mehr sehe? Es muss sein, Cile? Kein Ausweg mehr? Machen Sie mir den Abschied nicht zu schwer. Nein, nein, noch kein Abschied.«

Die junge Witwe weint.

»Fassen Sie sich ... Wann reisen Sie?«

»Morgen bestimmt.«

»Und alles um uns her steht mitten im schönsten Sommertag.« Der Landvogt nimmt ihre Hände und sagt leise: »Ich liebe dich.«

Durchs offene Fenster klang des Rittmeisters Stimme:

> Du brichst ein dürres Ästlein,
> Das ist so blütenleer,
> Und reichst mir dann die Hände –
> Wir sahn uns nimmermehr.

Beide haben den Vers gehört. Sie halten sich umschlungen. Dann rafft sich der Landvogt zusammen: »Ich werde alles in Ordnung bringen, dass Sie morgen reisen können.«

»Ich danke, danke Ihnen.«

Sie geht weg. Der Landvogt zittert am ganzen Körper.

Im Garten trifft der Rittmeister Tadema Frerksen und fragt ihn: »He, wohin?«

»Ich wollte zum Herrn Landvogt. Ich will mir einen Auslandspass auf dem Büro geben lassen und dem Herrn Landvogt Lebwohl sagen.«

»Ich weiß nicht, ob er zu sprechen ist. Wohin wollen Sie denn reisen?«

»In Hamburg will ich Matrose werden.«

»Recht so! Immer hinaus in die Welt. Bitte, sagen Sie mir: Ihr habt wohl selten so heiße Tage wie heute?«

»Ja, solche heiße Tage haben wir selten. Bald wird ein Gewitter heraufziehn. Vielleicht ist es schon da in einer Stunde. Das wäre nicht gut: Diese Nacht haben wir Springflut. In kurzem setzt der Westwind ein. Der Tütvogel ist unruhig. Das kenn ich. Bringt das Gewitter Sturm und schlechtes Wetter und dreht der Sturm dann nach Nordwest, fürcht ich für unsre Landschaft; die Durchbruchsstelle von der letzten Sturmflut ist noch nicht dicht.«

»Zum Kuckuck, ich habe keine Lust, hier eine Überschwemmung mitzumachen.«

Es donnert schwach, dumpf vergrollend.

Beide horchen. Tadema sagt: »Da ist es schon.«

»Kommen Sie nur mit mir hinein zu meinem Bruder.«

Es donnert wieder.

Frau Klothilde steht allein in ihrem Zimmer der Landvogtei, das im Dämmerlicht des Gewitterhimmels liegt. Der Diener tritt ein.

»Sind im ganzen Haus Türen und Fenster geschlossen, Johann?«

»Es ist alles besorgt, gnädige Frau.«

»Aber wie ist es denn möglich, dass das Gewitter so rasch aufkommen konnte? Vor zwei Stunden saß ich noch im Garten. Haben wir Südwestwind?«

»Westsüdwest; und es scheint, als wenn er nach Süden drehen will.«

»Bitten Sie den Herrn Landvogt, ich möchte ihn hier sprechen.«

»Der Herr Landvogt ist ausgegangen.«

»Ausgegangen?«

»Nur auf den Deich, wie ich hörte, um nach dem Wetter zu sehn.«

»Dann bitten Sie den Herrn Rittmeister und Fräulein Harrsen.«

Es blitzt und donnert schwach.

Klothilde geht unruhig hin und her.

»Ich weiß nicht, welche Angst mich überfällt. Es wird dunkler und dunkler. Allmächtiger, nur nicht Nordost jetzt, dann sind wir verloren. Welche Wassermassen uns schon die Flut gebracht hat. Das Wasser will nicht zurück. Springflut. Wenn doch Timm käme.«

Der Rittmeister tritt ein. »Da bin ich, liebe Klothilde. Der Wind will mir oben mein Turmzimmer abreißen.«

Klothilde zeigt mit dem Finger hinaus. »Du siehst die Mühle dort?«

»Ja. Die Flügel laufen wie rasend hintereinander. Wie Kinder, die sich haschen.«

»Südwestwind!«

»Ihr mit euern ewigen Wettergesprächen. Weckt mich morgens Johann, so brüllt er mir Westsüdwest in die Ohren, oder wie immer die Richtung ist.«

»Drehn sich heute die Flügel nach Nordwest, seh ich unsern Untergang voraus.«

»Also sind die Windmühlflügel unsere Schicksalskünder.«

»Wo Timm bleibt. Ich bitte dich, Jeppe, sieh nach ihm. Er steht hinterm Garten auf dem Deich. Sag ihm, dass ich mich schwer ängstige; und bring ihn mit.«

»Ich gehe ihn holen.«

Merf Harrsen tritt ein.

»Sie haben verweinte Augen, liebe Merf.«

»Ich bin betrübt und froh zugleich. Johann sagte mir eben, dass Tadema eben auf dem Büro seinen Pass empfangen und vom Herrn Landvogt Abschied genommen habe.«

»Armes Kind! Und doch kann ich Ihnen nur Glück wünschen, dass Sie von der Pein erlöst sind. In einem Jahre, und werdens mehrere, ist Tadema wieder hier und trägt dann seine erste Liebe auf Händen. Und alles ist vergeben und vergessen.«

»Wie Sie immer Trost für andere haben, gnädige Frau.«

»Also das war die junge Witwe, der wir vorhin begegneten, als wir zurückkehrten. Ich hätte sie gern ganz nah gesehn. Sie blieb stehen und schaute uns nach, so kams mir vor. Die ruhige, schlanke, schwarze Gestalt, ich weiß nicht, kam mir vor wie ein schlechter Engel, der die Flügel zusammengeschlagen hat, um sich dann wieder unhörbar in die Wolken zu heben, aus seinen Händen Tod und Unglück streuend auf unsere Landschaft.«

»Auch Frau Bollmann wird nun bald von hier abreisen.«

Es blitzt und donnert stärker. Die Damen schrecken zusammen.

»Wo Timm und Jeppe bleiben! Mein Mann ist ja nur auf den Deich hinter unserm Garten gegangen.«

Ins Zimmer treten Timm und Jeppe.

»Hier bring ich dir, liebe Klothilde, den Weggelaufenen. Ich fand ihn richtig auf dem Deich. Die Arme hatte er ausgebreitet, als wolle er das Meer beschwören.«

Der Landvogt lacht. »Nur schade, dass sich die Wellen nicht an meine Zaubersprüche kehren. Das Wetter wird mit jeder Minute schlimmer. Sind Boten für mich eingetroffen?«

»Bis jetzt ist keiner gemeldet. Timm, du willst doch nicht an die Deiche? Du kannst uns doch jetzt nicht allein lassen?«

»Die Pflicht ruft mich. Ihr werd ich treu sein bis zum Ende.«

»Die Pflicht ruft dich, Timm?«

»Die Pflicht befiehlt mir einzig und allein. Das Leben Tausender habe ich zu verantworten.«

»Und mich ...«

»Ich überlasse dich dem Schutze meines Bruders und der Hausbewohner.«

Der Diener öffnet die Tür und ruft: »Nordwest! Die Herren Harrsen und Frerksen sind eben eingetroffen.«

Die beiden treten stürmisch ein. Frerksen sagt: »Der Sturm nimmt heftig zu; er hat nach Nordwest gedreht. Gefahr am Königskoogdeich!«

»Sind die sechshundert Mann, die ich für den Fall bestimmt habe, an Ort und Stelle?«

»Alles in Ordnung, Herr Landvogt.«

Harrsen meldet: »Aus der Durchbruchstelle am Tetenbüllerdeich hat die See die Ausbesserungen fast schon wieder weggerissen. Die für diesen Fall bestimmten achthundert Mann arbeiten mit aller Kraft daran, die Stelle noch auszufüllen.«

»Gut, meine Herren. Gehn Sie voran. Ich werde gleich nachkommen.«

Alles geht aus dem Zimmer, nur Klothilde und der Landvogt bleiben.

»Wenn je ein Funke Liebe dein Herz für mich bewegt hat, Timm, so warte heute mit mir!«

»Es geht nicht, Klothilde. Die Pflicht über alles!«

»Bleib, o bleib! Ein Furchtbares wird geschehen ... Sonst sehn wir uns nicht wieder.«

»Lebe wohl, Klothilde.«

Der Landvogt geht aus der Tür. Frau Jaspersen sinkt zusammen. Der Rittmeister und Merf finden sie und bemühen sich um sie. Sie tragen sie in einen Lehnsessel.

Frau Jaspersen erwacht und fragt schwach: »Ist er wirklich weggegangen?«

Jeppe entgegnet ihr liebevoll: »Das musste er; er ist Beamter. Alle Augen sehn jetzt auf ihn.«

Klothilde fragt noch einmal gedehnt: »Ist er wirklich weggegangen?«

»Du musst dich an diesen Gedanken gewöhnen, liebe Klothilde. Auch dieser Tag wird vorübergehn.«

Frau Jaspersen erhebt sich und geht langsam ans Fenster: »Es wird ganz dunkel, aber die Sterne scheinen nicht. Jetzt steht er am Deich. Die Welle will wie ein wütendes Tier ins Haus, wo die Lämmer sind. Die Lämmer hören das Gebrüll des Löwen ... Die wilde See tobt gierig über alles hin. Nur die Woge sieht die Woge; zischend spritzt sie an den Himmel, um alles zornig zu löschen ...«

Sie zeigt mit der Rechten in die Landschaft; mit der Linken streicht sie sich das Haar nach rückwärts. Plötzlich streckt sie sich ganz hoch und schreit: »Da, da, das Haus von Cile, umzingelt und umzüngelt von den Wogen ... Timm legt seine Arme um ihren Nacken ...«

Klothilde fällt dem Rittmeister und Merf ohnmächtig in die Arme. Das Fenster reißt sich auf von einem scharfen Sturmstoß. Es blitzt und donnert in einem fort.

Gleich, nachdem Frau Bollmann heimgekehrt war, brach das Unwetter los. Sie konnte aus ihrem Fenster die Gegend gut übersehen. Sie bemerkte, wie die Menschen hin und her liefen, wie groß und nah die Gefahr der Deichbrüche sein müsse. Das Gewitter hatte endlich nachgelassen, aber der Sturm wütete immer noch wie unsinnig und rüttelte und schüttelte mit den Wellen an den Deichen.

Als die Nacht hereinbrach, stand sie wieder am Fenster und schaute in die Dämmerung. Noch immer waren die Deiche fest geblieben. Sie dachte ohne Bewegung: Wie der Sturm mich beruhigt ... Wie die Wellen tanzen und neugierig in die Insel sehn. Wie das Wasser über die Deiche spritzt, als könnt es die Zeit nicht erwarten vor Ungeduld, den neuen Besitz in sich aufzunehmen ... Was laufen die Männer durcheinander? Der Deich ist, wer weiß an wie vielen Stellen, durchgebrochen. Jeder eilt nach seiner Werft ... Das Grab in den Wogen ist kein schlimmer Gedanke für mich, ich kenne seit meinen ersten Tagen das Meer ... Wenn ich mit Timm sterben könnte, an seiner Brust ... Wenn er mir letzte Worte, Trostworte, Liebesworte ... Das Wasser schwillt, es dehnt sich aus ... Komm, Bruder Tod, und küsse mir das Herz still ...

Cile dreht sich um und sieht den Landvogt, der eben eingetreten ist, vor sich stehen. Er breitet die Arme aus. Cile fliegt mit einem Schrei auf ihn zu. Der Landvogt legt ihr Haupt an seine Brust und sagt: »Das Leben hat uns nicht vereint, nun will es der Tod ...«

Das Wasser dringt herein, alles schwankt und wankt und geht unter.

Es ist völlig dunkel geworden. Nur die wilde See ist sichtbar, die weißen Kämme. Sonst ist nichts zu unterscheiden: kein Schiff, keine Möve, keine Leiche, keine Trümmer. Nur das Urmeer. Aus einem Wolkenspalt glitzert ein einziger, böse funkelnder Flammenstern.

### Das Muttermal

Der dreißigjährige, unverheiratete, wohlhabende Herr Alfred Schlichthausen saß auf seinem Gute in seinem Arbeitszimmer am Schreibtisch und bog sich über seine

Rechnungsbücher, in denen er eifrig blätterte. Er schien befriedigt zu sein.

Herr Alfred Schlichthausen las weder Kant noch Schopenhauer noch Nietzsche, las auch nicht Goethe, dessen Gedicht an den Mond er einmal in seinen Knabenjahren zwanzigmal hintereinander hatte abschreiben müssen, weil er es nicht hatte auswendig lernen können. Das war ihm für alle Zeit in Erinnerung geblieben, und deswegen hatte er einen solchen Schauder vor Goethe bekommen, dass er, so lange er lebte, niemals mehr in seine Werke hineingesehen hat. Auch andere Bücher und Zeitschriften las er nicht. Das einzige Blatt, das er hielt und las, war die Sportzeitung.

Aber Herr Alfred Schlichthausen hatte auch manche gute Seiten: Er war nüchtern, klar und wahr, verstand mit seinem Gelde zu rechnen und behandelte seine Knechte und Taglöhner gut; ja, wenn auch nicht oft, er mischte sich in ihre Privatangelegenheiten, aber immer nur dann, wenn er helfend beispringen konnte. Auch trank er selten über den Durst. Sonst ging er ruhig und bedächtig durch den Tag, hielt mit seinen Nachbarn zusammen, wie und wo es ging. In der Liebe hatte er wenig Erfahrungen gemacht. Nur einmal in seinem Leben hatte sein Herz stärkere Schläge gefühlt, und da er das Mädchen, das aus anderem Stande als er selbst war, aufs Innigste liebte, so wollte er es auch heiraten: Das lag in seinem einfachen, graden Sinn. Diese ganze Begebenheit war, sowohl bei ihrem Beginn wie bei ihrem Ende, in ein romantisches Halbdunkel gehüllt, das aber bei ihrem Ende ganz in Schwarz überging, sodass er nur ein trübes Andenken behalten hatte, das sich allerdings mit den

Jahren immer mehr verwischte. Trotzdem konnte er niemals einen Stachel, den ihm diese Zeit ins Herz gedrückt hatte, entfernen: Er hatte Stunden, auch heute noch, in denen er heftig an dieser Wunde litt.

Alfred Schlichthausen saß, in seine Rechnungsbücher vertieft, am Schreibtisch.

Der Diener war eingetreten und meldete: Hans Scherenschleifer ist draußen und bittet, den Herrn sprechen zu dürfen.

Wer? Der alte Hans Scherenschleifer?

Jawohl, Hans Scherenschleifer von der Ölkate.

Aber, was will denn der? Na, lass ihn hereinkommen.

Hans Scherenschleifer trat ein und sah sich ungeschickt um.

Was gibt es, Hans Scherenschleifer?

Alfred Schlichthausen war im Sessel vor seinem Schreibtisch sitzen geblieben; er hatte nur eine kleine Wendung nach dem Eingetretenen gemacht, nachdem er die Feder zur Seite gelegt. Er rauchte ruhig weiter.

Ich soll einen Zettel abgeben an den gnädigen Herrn. Und dabei rieb er ein in seinen ungeheuren Händen auf dem anderhalbstündigen Wege durch Schweiß und Schmutz fast unkenntlich gewordenes Stück Papier hin und her.

Gib her! Alfred Schlichthausen streckte nachlässig die Rechte aus. Hans Scherenschleifer näherte sich und übergab das Briefchen. Darin stand geschrieben: Du kennst diese Handschrift, Alfred. Komm, ich bitte Dich von Herzen. Der Überbringer sagt Dir, wo ich zu finden bin.

Alfred Schlichthausen kannte allerdings diese Handschrift. Er wurde ein wenig blasser. Aber ohne seine Erregung zu zeigen, sagte er freundlich zu Hans Scherenschleifer, während er sich erhob:

Ist denn die Dame zu euch in die Kate gekommen? Wann kam sie an?

Nun wollte sich der alte Kätner in einer langen Auseinandersetzung ausbreiten, aber der Gutsherr schnitt ihm seine umständliche Rede ab und sagte:

Gut. Ich lasse einspannen. Nach zehn Minuten wollen wir abfahren. Setz dich auf den Bock zu Christian. Du fährst mit.

Und nach zehn Minuten fuhr der leichte Jagdwagen in den warmen Novembertag hinein.

Während der Wagen seinen Weg machte, fiel es Schlichthausen schwer auf die Seele, dass er so rasch seine Zusage zum Stelldichein in der Ölkate gegeben hatte. Er hätte doch überlegen müssen. Vielleicht wärs besser gewesen, wenn er gar nicht weggefahren wäre. Aber nun wars einmal geschehen. Also die Sache durchführen! Er ließ den Wagen an einer Waldecke, ein paar Minuten von der Kate Hans Scherenschleifers, halten, stieg aus und ließ sein Gefährt bis zur Kate fahren. Hans Scherenschleifer möge der Dame sagen, sie solle an diese Stelle kommen. Und richtig, nach kurzer Zeit kam ihm eine Dame mit einem etwa sechsjährigen Knaben entgegen. Er erkannte sie sofort wieder, wenn auch fast sieben Jahre vergangen sein mochten. Sein Herz klopfte. Er kam etwas aus der Fassung. Nun, Josefa? Fragte er sie, ihr in die Augen sehend. Aber sie antwortete, ohne ihn weiter zu begrüßen: Ich bin erschienen, um dir deinen Sohn zu zeigen. Und dann geschah etwas, was Herrn Alfred Schlichthausen zurückprallen ließ. Frau Josefa riss mit einer leidenschaftlichen Bewegung ihrem Kinde den Halskragen weg und riss ihm das Kittelchen oben auseinander, dass die linke Schulter bloß wurde. Da zeigte sich auf der linken Schulter ein Muttermal, das beinahe wie ein Epaulett aussah und auch die Größe eines solchen (für den Knaben passend) zeigte.

Nun? Rief sie wild und empört; siehst du nun, dass es dein Sohn ist! Dasselbe Muttermal hast du auf deiner linken Schulter ...

Das Kind fing an zu weinen, und sie zog ihm rasch wieder den Kittel zurecht und knöpfte ihm den Kragen an.

Alfred Schlichthausen stand da, wie man zu sagen pflegt, wie vom Donner gerührt. Endlich sammelte er sich und fragte: Wie kommst du hierher? Gerade hierher an die Kate von Hans Scherenschleifer. Wäre es nicht besser gewesen –

Aber sie unterbrach ihn: Was sollte ich dir erst Unannehmlichkeiten machen in deinem Hause. Ich stieg beim vorletzten Haltepunkt aus und ging die kleine Strecke hierher und ließ dich bitten.

Alfred Schlichthausen wollte auf sie und den Knaben zugehen. Aber sie breitete theatralisch die Arme um ihr Kind und sagte ihm mit strengen, harten Worten: Das ist jetzt nicht dein Kind mehr. Als du mich verstoßen hattest, nahm mich, die ich sonst verloren gewesen wäre, eine edle alte Frau auf. Dann heiratete ich meinen jetzigen Mann und lebe mit ihm in glücklichster Ehe. Er nahm deinen und meinen Sohn an Kindesstatt an.

Ehe Alfred Schlichthausen weiter sprechen konnte, waren Mutter und Kind verschwunden. Er fuhr erschüttert nach Hause, trank gegen seine Gewohnheit eine Flasche Rauenthaler leer und verreiste noch denselben Abend nach Hamburg. Hier tobte und wüstete er acht Tage und Nächte hindurch, um sich zu beruhigen. Und scheinbar gelang es ihm. Er nahm auf seinem Gute wieder die alten Arbeiten auf. Und nach einiger Zeit schrieb er, als wenn er einen Trost darin hätte finden können, für sich selbst die Geschichte seiner Liebe nieder. Er las sie dann noch einmal durch und verbrannte sie. Dies Selbstbekenntnis hatte ihm tatsächlich wohlgetan. Denn nach und nach wurde es wieder ruhig und glatt in ihm. Seine kleine Geschichte, die er in der dritten Person gehalten hatte, lautete:

Im August und im September war der Gutsbesitzer Alfred Schlichthausen zu einer zweiundvierzigtägigen Übung als Reserveleutnant beim siebenunddreißigsten Dragonerregiment in Hannover eingezogen. Die Manöver hatten ihren Anfang genommen.

Nach einem heißen Felddiensttage ritt Alfred Schlichthausen mit seiner Schwadron in ein Städtchen ein, das ihr zum Quartier bis zum andern Morgen angewiesen war. Die Offiziere wohnten im ersten Wirtshaus. Vor diesem, es war just Jahrmarkt in dem kleinen Nest, stand eine Wagenburg aufgefahren, um die und in der es von allerlei Menschen wimmelte: Frauen in Unterrö-

cken und mit ungeordneten Haaren wuschen Kochge-
schirre aus, hingen Wäsche auf, zankten sich, Kinder in
großer Anzahl spielten im Hemde auf dem Platze,
schrien, lachten, übten sich in Purzelbäumen, alte und
junge »Künstler« trugen Bretter, gewaltige Eisenstangen,
spannten ein großes Zeltdach in der Sonne zum Trock-
nen aus. Ein grauer, breitschultriger, finster blickender
Herr mit unechter Busennadel und vielen Ringen stand
in schmutzigen Hemdärmeln auf dem Trittbrett, das zur
Tür eines Wagens führte, und dampfte eine lange Mila-
no. Zwei Doggen, ein Bastardneufundländer und ein
ewig mit der Zunge hechelnder, lebhafter Spitz tummel-
ten sich in diesem Wirrwarr umher. Heute Abend sollte
die erste Vorstellung sein. Zu dieser kamen der Truppe
die Offiziere wie gerufen. Das sind doch Pferdekenner
und Kenner halbasiatischer Schönheiten, überlegte sich
der Direktor.

Als Alfred vor dem Gasthof hielt, warf er seiner Stute
die Zügel über den Kopf. Der Bursche hielt den Bügel.
Doch ehe er abstieg, nahm er den Helm mit der Linken
ab und wischte sich mit dem Taschentuch den Schweiß
von der Stirn, die in ihrer Weiße hübsch abstach vom
sonnverbrannten Gesicht.

In diesem Augenblick trat aus dem Tor eines Nebenge-
bäudes, in das das Zirkuspersonal hinein- und heraus-
schwirrte wie ein Bienenschwarm am Eingang des Kor-
bes, ein wohl siebzehnjähriges Mädchen in wunderli-
chem, fantastischem Anzug. Sie mochte einer Probe in
der Bahn beigewohnt haben. Was sie vorgestellt hatte,
weshalb sie so gekleidet ging, war nicht zu erfahren. Der
langaufgeschossene Körper steckte bis an die Stiefel in

einer verblichenen dunkelroten Tunika, die unten mit breitem Flittergold verbrämt war, und aus der nur die beiden mageren Ärmchen verschränkt heraussahen. Breites, langes, hellblondes Haar fiel, als sollte es nach dem Bade getrocknet werden, aufgelöst über den Rücken. Zwei schwarze Augen sahen düster vor sich hin, entflammten sich aber wie ein hochaufloderndes Feuer, als sie den schmucken Reiteroffizier trafen. Und nun geschah etwas Absonderliches: Das schnell herbeigekommene Mädchen küsste dem eben aus dem Sattel Gesprungenen den Saum seines Waffenrockes. Die Tunika hatte sich dabei verschoben. Mit tiefem Erröten nestelte sie an den Halsschleifen. Die eckigen Schultern gaben dabei kein vorteilhaftes Bild.

Dann stand sie wie eine Säule, das Haupt gesenkt wie eine Dulderin, die den Nackenschlag mit dem Schwert erwartet.

Josefa, Josefa! Kreischte aus einem der Wagen, aus einer aufgerissenen Tür, eine helle Frauenstimme. Das Mädchen fuhr erschrocken zusammen und ging mit trotzigen kleinen Schritten der Ruferin zu, um von dieser, einer alten hässlichen Dame, in Empfang genommen, heftig gescholten zu werden. Mei' Gott, mei' Gott, schrie diese alte Hexe; de Josefa verderbt uns noch de ganze Sach'.

Inzwischen war Schlichthausen in seinem Zimmer angekommen. Schon während des Ablegens von Säbel, Kartusche und Schärpe dachte er nicht mehr an das kleine Intermezzo. Er erinnerte sich flüchtig, gehört zu haben, dass in Polen der vornehme Herr oft in der Weise begrüßt werde, wie ihm eben geschehen war. Ein Zigeunermädchen vielleicht, ein hübsches Kind von den Kunstreitern ... und dann lag er in festem Schlaf, ohne Traum; ja selbst die junge, entzückende Baroness Anna, die er gestern zu Tisch geführt, in deren Schwalbenaugen er sich verliebt hatte, selbst Baroness Anna gaukelte nicht an ihm vorüber.

Um fünf Uhr hatten die Offiziere das Diner bestellt. Alfred wurde von seinem Burschen geweckt. Während ihm dieser beim Ankleiden behilflich war, fiel ihm die Szene bei seiner Ankunft wieder ein. Er ließ sich von seinem Burschen erzählen, wie die Kunstreitergesellschaft heiße, dass heute Abend große Galavorstellung sei. In dem auf seinem Tische liegenden Zettel fand er: »Miss Josefa, in ihren großartigen Exerzitien mit vierundzwanzig lebenden Tauben.« Miss Josefa? Hatte nicht eine Stimme aus einem Wagen Josefa gerufen?

Während des Essens herrschte eine heitere Stimmung. Durch das Fenster, vom Tisch aus, war das Treiben der Zirkusgesellschaft zu beobachten. Ja, beim Nachtisch erschienen, freilich ungerufen, einige mehr oder minder junge »Künstlerinnen«, die die ihnen lachend von den Offizieren angebotene Chartreuse teils zimperlich, teils ohne Erröten gern tranken. Josefa zeigte sich nicht unter ihnen. Auch der Direktor trat ein und erlaubte sich, die Herren Rittmeister und Leutenante zu der Vorstellung einzuladen.

Ein spärliches Publikum saß auf den Bänken. Die Offiziere gingen in den Stall und standen am Eingang zur Bahn. Das »Auftreten der vorzüglichsten Künstlerinnen und Künstler« in ihren »unglaublichen« Leistungen war beendet; nur die Taubenkönigin Miss Josefa, für die geschäftige Clowns und armselig gekleidete Stallknechte einen Teppich hingelegt hatten, stand noch aus. Nun erschien auch sie. Nicht wie am Morgen trug sie das lange Faltengewand, sondern zeigte sich in seidenem Trikot. Nicht zu ihrem Vorteil. Bald begann das Spiel. Aber auch hier entwickelte Josefa wenig Grazie. Die zierlichen Vögel gehorchten nicht immer, verflogen sich zum großen Ergötzen der grausamen Zuschauer. Zwei von ihnen blieben sogar hartnäckig auf einer waagrecht gelegten Fahnenstange sitzen.

Unausgesetzt, schon wurde es bemerkt, hatte Josefa die Augen des Leutnants gesucht.

Am Tage seiner beendeten Dienstleistung, als er zum letzten Mal die Uniform angezogen hatte, um sich bei seinen Vorgesetzten abzumelden, sagte ihm der Kellner des Hotels, dass eine junge Dame bäte, den Herrn Leutnant sprechen zu dürfen.

Ich lasse bitten. Und gleich darauf stand in ausgesucht einfacher Toilette Josefa vor dem erstaunten Offizier, dessen Verwunderung wuchs, als sich das Mädchen seiner Hände bemächtigte und diese stürmisch küsste.

Fräulein Josefa, Sie hier?

Ich bin weggelaufen, schluchzte die Kunstreiterin, ich hielt es nicht mehr aus. Und ohne seine Antwort abzuwarten, fuhr sie fort: Ach, Herr Leutnant, Sie denken schlecht von mir, ich sehs Ihnen an. Aber ich wollte nicht ärmlich, wie ein Bettelmädchen, vor Ihnen erscheinen. Für das wenige Geld, das ich erspart mit mir trug, kaufte ich mir diesen Anzug.

Der Leutnant lächelte.

Josefa bemerkte es. Ihn scheu von der Seite anblickend, bat sie demütig, sie auf- und mitzunehmen, sie wolle seine Sklavin sein; sie könne nicht mehr von ihm lassen.

Der Leutnant schaute vor sich hin; er sann nach. Plötzlich lachte er gutmütig, lustig. Carpe diem! Rief er. Und er küsste das fremdartige Geschöpf vor ihm, dass sie ihm zitternd um den Hals fiel.

Auf sein Gut konnte Alfred das Mädchen nicht mitnehmen. Er bewohnte es zwar allein, aber – die Nachbarn. Wohin also. Es fiel ihm Hamburg ein, die große Stadt, wo kein Mensch nach dem andern fragt. Er hatte dort wenige oder gar keine Bekannte. Von seinem Hofe aus konnte er es in zwei Stunden mit der Bahn erreichen.

Bald fand sich durch die Zeitung eine geeignete Wohnung in einer guten Gegend. Die Witwe eines dänischen Etatsrates vermietete an junge Damen, die durch irgendwelche Verhältnisse gezwungen waren, allein in der Weltstadt leben zu müssen.

Die kleine Etatsrätin Skeel schien eine muntere Dame zu sein, die bald hier, bald dort in den besichtigten Zimmern umhersprang, geradezu gummiballartig. Die Bilder, die Nippes, die Möbel, kurz Alles wurde mit geschäftiger Eile erklärt. Sie konnte nicht genug hervorheben, wie sittsam es in ihrem Hause hergehe. Aber den Verlobten meiner Damen kann ich nicht den Eingang verwehren, erzählte sie wie mit Bedauern und Entrüstung. Hätte Alfred Schlichthausen den kurzen begleitenden Blick auf ihn gesehen, unter den dicken, fleischigen Lidern her, die fast ganz das Auge bedeckten, ihn hätte ein widerwärtiges Gefühl durchschauert. So aber war ihm das schnelle Wort nicht uneben gekommen. Fräulein Josefa war bald eingezogen und schrieb ihm lange Briefe. Von allem und jedem stand darin, oft ohne Komma und Erkennungszeichen. Die Wörter, die hervorgehoben werden sollten, gleichviel ob Hauptwort, Nebenwort, Zeitwort, hatten große Anfangsbuchstaben. Jeder Brief fing mit »Mein Innigstgeliebter Alfred« an. Es fiel ihm zuerst nicht auf, dass seine schöne Geliebte sich aus der Wohnung, aus Hamburg hinaus wünschte. Seit einigen Tagen aber kamen von Josefa Briefe, in denen sie lebhaft zu verstehen gab, dass sie nicht mehr bei der Etatsrätin wohnen möchte und könnte. Der Grund war nicht angegeben. Doch ein Schreiben von ihr, mehr als je erregt, belehrte ihn, dass die Etatsrätin Skeel jungen Herren Gelegenheit gäbe, mit ihren Mieterinnen zu verkehren. Bachanalien seien vorgekommen; die Etatsrätin tränke oft mehr, als ihr bekäme ...

Unverzüglich schrieb Alfred an Frau Skeel, dass er kündige. An Josefa sandte er ein Telegramm, er werde in drei Tagen zu ihr eilen, um ihr eine andere Wohnung zu besorgen; sie möge die paar Stunden noch aushalten.

Am zweiten Tage öffnete Alfred einen eben eingetroffenen Brief der Etatsrätin, den er, als er ihn gelesen hatte, zitternd vor sich hinlegte. Dann schloss er die Augen mit der Hand.

Der Brief lautete:

Sehr geehrter Herr Schlichthausen!

Sie haben gekündigt, und ich habe deshalb keinen Grund mehr, Ihnen Dinge zu verschweigen, die nur zu offen am Tage liegen, um je wieder einer Undankbaren Ihre Verzeihung zukommen lassen zu können.

Fräulein Josefa, die Ihnen wahrscheinlich geschrieben hat, sie von hier wegzunehmen, hat es nicht nur in der kurzen Zeit verstanden, sich einen Kreis von Verehrern zu bilden, sondern hat zum Überfluss ein intimes Verhältnis wieder angeknüpft mit einem Steuermann, von dem sie selbst offen gesteht, dass er ihre erste Liebe gewesen ist. Dieser junge Seemann, vor einigen Wochen aus China wieder hierher zurückgekehrt, hat ihr seine Zuneigung durch zahlreiche Geschenke aus überseeischen Ländern bezeigt, die zur Stunde noch ihr Zimmer in allen Ecken und auf allen Möbeln zieren.

Wollen Sie Fräulein Josefa noch retten, so dürfte es die höchste Zeit sein.

Mit aller Hochachtung ergebenst

Etatsrätin Skeel.

Erst als sein Diener die Lampe brachte, fuhr Alfred empor. Er sagte zu diesem ruhig: Ich fahre morgen mit dem ersten Zuge nach Hamburg.

Am andern Morgen ging er in Hamburg vom Bahnhof sofort zur Etatsrätin. Er fand die Dame aufgeregter als gewöhnlich. Sie hatte augenscheinlich seinen Besuch erwartet. Wie stets sprang sie wie ein Gummiball vor ihm umher. Hätte er nur den abscheulichen Blick der Frau erkennen können, er hätte sie, trotzdem sie eine Dame und »hilflose Witwe« war, zu Boden geschlagen. Aber er war kein Menschenkenner. Er hatte sich nie im Leben die Gemeinheit an und für sich, die Bosheit als Person denken können.

Bitte, wollen Sie näher treten, Herr Schlichthausen. Fräulein ist ausgegangen. Wir können in meiner Stube das Weitere besprechen.

Und nun wiederholte die Witwe, in abscheuliche Einzelheiten eingehend, was sie ihm geschrieben hatte.

Kommen Sie nun, bitte, in Fräuleins Zimmer. Alfred folgte wie willenlos; und, ah, da standen wirklich »in allen Ecken und auf allen Möbeln« zahlreiche chinesische und japanische kleine Schränke, Nippes, Teebüchsen, Schachbretter, Pagoden. Die Frau hopste wie ein kleiner Teufel umher. Nun, nun, hab ichs nicht gesagt?

Ich danke Ihnen, Frau Etatsrätin, dass Sie mich, wenn auch zuguterletzt, noch aufmerksam gemacht haben. Aber nun lassen Sie mich allein, ich will Fräulein Josefa erwarten.

Sie werden – Sie werden doch nicht, Herr Schlichthausen? Sie müssen mir schwören, meinen Namen nicht zu nennen.

Beruhigen Sie sich, ich werde Sie nicht verraten. Und nun lassen Sie mich ungestört.

Die Etatsrätin ging. Alfred war allein.

Was alles stürmte nun durch seine Seele. Verraten! Gott weiß, wer hier gesessen, mit ihr gelacht, gescherzt, getrunken hatte.

Ein widerwärtiges Gefühl überlief ihn. Und doch, es ist alles erlogen, alles nicht wahr. Schmutziger Neid. Aber die Sachen, die Geschenke ... Ich will dich nicht mehr sehen ... Und schon hatte er seinen Hut ergriffen, um auf immer Abschied zu nehmen, als Josefa ins Zimmer trat.

Sie war reizender als je. Ihre bleichen Wangen röteten sich, dann fiel sie ihm mit einem Freudenschrei um den Hals: O mein Gott, dass du kommst, Lieber, Liebster. Ich wusste, du würdest, du musstest kommen.

Alfred wehrte sie unsanft ab. Sie sah ihm klar und fragend ins Auge. Dann setzte sie sich auf einen Stuhl. Alfred trat vor sie hin, und ihr tief ins große, verwunderte Auge blickend, küsste er sie, ihr Haupt zwischen seine Hände nehmend, auf die Stirn.

Dann verließ er wortlos seine schöne Geliebte auf Nimmerwiedersehen.

Nun saß er wieder vor seinem Schreibtisch und schrieb seinen Abschiedsbrief an Josefa. Schon wollte er die Bogen falten, als er die Nachschrift setzte: Schreib mir noch einmal, Josefa.

Es waren zwei qualvolle Tage, ehe die Antwort Josefas kam. Alfred verlebte sie in seinen Wäldern, in tiefer Einsamkeit. Ein Fernblick, eine Abendstimmung mit gelbem blassen Himmel, ein erster mattfunkelnder Stern – alles das gab ihm wohl auf Minuten die Ruhe zurück; aber dann fing es umso heftiger wieder an, in ihm zu toben. Er aß und trank nicht. Endlich kam ihr Brief. Er schloss sich auf seinem Zimmer ein und öffnete ihn.

Josefa schrieb:

Mein Innigstgeliebter Alfred!

Deinen Brief habe ich Empfangen und lange bin ich in einer Ohnmacht gewesen, ja gewesen, ehe ich Ihn noch mal lesen konnte. Aber ich bin zu Stolz, ja zu Stolz, als dass ich dich im Leben wieder sehe. Du hast andern Leuten geglaubt und schreibst, dass Du mich von einem

Geheimpolizisten hast Beobachten, ja Beobachten lassen, der hätte Dir Alles gesagt.

Wenn Du andern Leuten Glauben schenkst, nun gut, ich bin ja mit allem zufrieden, wenn es Dir gut dünkt.

Ach, mein Alfred, wie schwer, wie schwer ist mein Herz. Was tu ich denn wohl nun auf der Welt, da ich nicht mehr bei Dir sein kann. Noch heute werde ich weggehn. Wohin, ich weiß es nicht. Ach mein Lieber, ja mein Lieber, wenn ich das Kind geboren habe, das Dein, ja Dein Kind ist, dann hat es keinen Vater.

Du schreibst mir, dass ich meine Erste Liebe, einen Seemann, wieder gesehn habe, der mir viele Geschenke gebracht, und der bei mir, ja bei mir gewohnt hat. Ach mein Lieber, Süßer Alfred, ich habe nur Einen Mann geliebt, Einem nur bin ich treu gewesen, nur Dir, ja Dir.

Der Seemann, das ist Recht, war bei mir. Wir sind in Einem Hause geboren und erzogen bis zum zehnten Jahr in Amsterdam. Dann sah ich Ihn nicht mehr. Nun hat Er meine Wohnung, als Er nach Hamburg kam, gefunden. Und wir haben uns wie Kinder gefreut und uns erzählt von alten Bekannten. Und Er hat mich gefragt, dass ich Ihn heiraten solle. Nein, habe ich gesagt, das tue ich nicht, Dierk, denn ich Liebe einen Mann treu, und werde ihm treu bleiben. Da ist Er gegangen und hat mich nur noch Gebeten, die kleinen Geschenke, ja Geschenke als Andenken zu behalten. Und das habe ich ja gern getan, weil, damit ich ihn nicht kränken tue.

Nun muss ich Abschied nehmen, ja Abschied nehmen, und mein Herz ist mir so schwer. Und soll Dich nicht wiedersehn. Aber Du hast andern Leuten, die aus Neid die Unwahrheit sagten, mehr geglaubt als mir.

Dein Kind soll seines Vaters Namen nie hören, ich aber will es einsingen, dass ich Einen so treuen, lieben, einzigen Mann gehabt habe, der mich verlassen, ja verlassen konnte, weil andre Leute ihm die Unwahrheit gesagt haben.

Ach, mein lieber, süßer Alfred, leb wohl, es muss sein, leb wohl.

Ich war Dir immer treu!

Alfred verließ auf einige Zeit seine nordische Provinz und ließ sich in Italien und im Orient treiben, bis ers müde wurde.

Als er zurückkehrte, war alles vergessen von den lieben Nachbarn, die denn doch manches erfahren hatten. Selbst die boshafte alte Gräfin Swyhn nannte ihn wieder den unsern. »Eine kleine Affäre«, pflegte sie zu sagen; »nun nun, so sind alle Männer. Ich versichere Ihnen ...«

## Vor Tagesanbruch

Ich sitze in meinem Arbeitszimmer zur ebenen Erde am Schreibtisch und sehe durch die geöffnete Glastür in meinen Garten. Vor mir liegt ein Gedicht, das mir eben ein Freund »zur unnachsichtigen Einsicht« geschickt hat. Es heißt:

*Liebeslied.*

> Weltvereinsamt und verlassen,
> Liebe Kleine, sitz ich hier.
> Alle Menschen muss ich hassen;

Kann mich selber nicht mehr fassen;
Süßes Mädchen, komm zu mir.

Blütenpracht und grüne Zweige,
Und die ganze Frühlingszier,
Sind mir holde Fingerzeige,
Dass ich sanft zu dir mich neige:
Süßes Mädchen, komm zu mir.

Tausend zärtliche Gedanken,
Keusche Minne, Liebesgier,
Die sich ewig in mir zanken –
Hab Erbarmen mit dem Kranken:
Süßes Mädchen, komm zu mir.

Es ähnelt im Kehrreim ein wenig einem bekannten Gedicht von Byron. Ich sehe vom Gedicht weg wieder in den Garten. Ein starker Jasmingeruch dringt herein.

Ich sitze wie im wachen Traum und schließe die Augen und öffne sie wieder: Ich sehe das Bild eines ganz jungen Offiziers, das auf meinem Schreibtisch steht. Es ist ein alter Freund von mir, der vor vielen, vielen Jahren in seiner Blütezeit gestorben ist. Ein schmerzliches Erinnern überfällt mich.

Das Bild zeigt einen kaum zwanzig Jahre zählenden Leutnant. Er trägt die Feldmütze. Seine Linke umfasst den Knauf seines Säbels, auf den er sich stützt. Die rechte Hand ist, ein wenig theatralisch, in den Waffenrock geschoben. Vor seinen Füßen liegt, den Kopf auf den Vorderpfoten, ein großer, magerer Wolfshund. Die Augen des Leutnants sehen streng und hart in die Welt.

Mein Freund Hubert gehörte nicht zu denen, die, geschniegelt und gebügelt, nur an Weiber, Pferde und Jeu denken. »Weiber, Pferde und Jeu« sind eine Phrase, die wir nur zu oft in Romanen und Novellen hinnehmen müssen.

Die Grundzüge seines Wesens waren ein grader Sinn, dem jede Lüge, jede Übertreibung selbst, ein Gräuel blieb, und ein keusches, sittenreines Herz, das sich empörte und aufbäumte bei jeder Gemeinheit. Sein tiefes Wissen und Können vermehrte er mit Heißhunger.

Hubert, der Sohn eines reichen rheinischen Gutsbesitzers, hatte seine Jugend, seine Kindheit einsam auf dem Schlosse seines Vaters verlebt. Die Mutter war früh gestorben.

Der alte Baron, ein leichtsinniger, lebenslustiger Mann, hatte sich einen Harem eingerichtet. Seinen Sohn ließ er mit seinen Wärterinnen und Erziehern im linken Flügel des Herrenhauses wohnen. Das schlechte Beispiel täglich vor Augen, hätte Hubert Gefahr laufen können, in die Fußstapfen des Vaters zu treten, wenn nicht ein junger katholischer Geistlicher, aus Münster empfohlen, seine Erziehung vom zehnten bis zum sechzehnten Jahre geleitet hätte. Dieser Priester hatte Huberts tiefe Religiosität, seinen Abscheu vor der Gemeinheit bestärkt und die Keuschheit seines Herzens beschützt, ihm den Charakter gestählt und ihn bis zu jenen Höhen geführt, von wo aus der junge Baron sicher und fest ins wüste Tal des Lebens hinuntersteigen konnte, um den vielen Gefahren, denen wir Menschen alle ohne Ausnahme ausgesetzt sind, wie ein junger Held zu begegnen.

Hans Hanssen, der Priester, war ein Abtrünniger. Im nüchternen, durch und durch lutherischen Schleswig-Holstein geboren, war er in Tübingen, wo er Theologie studierte, zum Katholizismus übergetreten, zum Entsetzen seiner Freunde und Verwandten. Was ihn bewogen hatte, das protestantische mit dem katholischen Bekenntnis sozusagen zu vertauschen, mag, wie mir Hubert einmal erzählte, außer der Überzeugung vielleicht auch eine unglückliche Liebe gewesen sein, die er wohl nur durch diesen Glaubenswechsel ganz zu überwinden hoffte. Doch kommt es auf die Gründe hier nicht an. Hat doch jeder Mensch mit sich allein abzurechnen.

Hanssens dunkles Haar, sein schmales, bleiches Gesicht, die etwas eingefallenen Augen ließen ihn geheimnisvoll erscheinen; in den blonden Norden seines Heimatländchens passte er nicht mehr hinein. Unter der äußerlichen Ruhe schlug ihm ein leidenschaftliches, edles Herz.

Einmal, erzählte mir Hubert, wären er und sein Erzieher an einem herrlichen Sommertage durch die väterliche Feldmark gegangen. Er erinnere sich dieses Tages ganz genau: An einer besonders schönen Aussicht auf den hier breit und majestätisch fließenden Rhein hätten sie gestanden und der sinkenden Sonne nachgeschaut. Es sei stumm, abendlich um sie gewesen. Da habe der Priester angefangen, Uhlands »Schloss am Meer« zu sprechen.

> Wohl sah ich die Eltern beide,
> Ohne der Kronen Licht,
> Im schwarzen Trauerkleide;

Die Jungfrau sah ich nicht.

Der Priester habe wie ein Seher das wundervolle Gedicht der Sonne mitgegeben, die in diesem Augenblick mit ihrem letzten Blinken verschwunden sei.

* * *

Hubert hatte sich bald nach dem deutsch-französischen Kriege mit der Tochter eines Kammerherrn der Königin verlobt. Die lebhafte junge Komtesse schien uns, seinen Freunden und Kameraden, nicht recht zu dem ernsten, schweigsamen Offizier zu gehören. Aber sie gingen glücklich nebeneinander her, wie es die Mitwelt wenigstens annahm und annehmen musste. Freilich, dass doch ein Punkt und gerade der vorhanden sei, worüber die Verlobten nicht miteinander übereinstimmten, wusste damals keiner von uns. Erst später klagte Hubert es mir: Seine Braut glaube nicht an ein Leben nach dem Tode; sie halte unsern letzten Pulsschlag für das Ende in allem. Seine Bekehrungsversuche seien gescheitert, ja seien lachend von ihr abgewiesen worden. Und das schmerze ihn bitter; darüber komme er nicht hinweg.

Unendlich schmerzlich musste das meinen wahrhaft frommen, wahrhaft gläubigen Freund beunruhigen und verstimmen.

Um diese Zeit geschah es, dass sich die stolze Nanny in Hubert verliebte.

* * *

Die stolze Nanny wurde in der Stadt ein außergewöhnlich schönes und ein außergewöhnlich gut gewachsenes Mädchen genannt. Weshalb gerade die *stolze* Nanny, ließ sich schwer sagen. Denn »stolz« im Sinne des Wortes konnte sie nicht genannt werden. Eher im Gegenteil.

Die stolze Nanny stammte aus einer angesehenen Familie, in der die sogenannte Gesellschaft gern verkehrt hatte, bis es durch das Gebaren dieses Mädchens unmöglich gemacht worden war. Ihre vielen Liebschaften, die sie ganz öffentlich betrieb, brachten die Eltern zur Verzweiflung: Der Vater erschoss sich ihretwegen. Mutter und Geschwister zogen, nachdem sie sich gänzlich von ihr losgesagt hatten, in eine weit entfernte Provinz.

Allein zurückgeblieben, führte sie ein äußerlich reiches Leben. Sie kleidete sich vornehm-einfach, hielt sich eine Zofe und bewohnte ein eigenes Haus mit alter Einrichtung in einer »ersten« Gegend der Stadt.

Sie lud zu sich ein, wen sie wollte. Und nahm es auch nicht übel, wenn man, ohne abzusagen, wegblieb. Mit ihren Geliebten wechselte sie, so oft es ihr gefiel. In ihrer Liebe gab sie sich ganz unverhohlen, wie es Semiramis und Katharina getan haben mochten; wenn auch in schnellerer Aufeinanderfolge.

Den Müttern, Frauen, Bräuten und Mädchen war sie aus erklärlichen Gründen ein Scheusal. Und auch Bürgermeister und Rat hätten sie gern aus ihren Mauern entfernt, weil sie Unglück anstiftete nicht nur bei den Jünglingen, sondern auch bei verheirateten Männern; sie zerriss hie und da eine Ehe. Und endlich, der Kommandeur des in dieser Stadt liegenden Regiments wünschte sie zu allen Teufeln, weil sie den guten Geist seiner Offiziere beeinträchtigte.

Allein, man fand nicht den triftigen Grund, sie auszuweisen. Sie war eine pünktliche Steuerzahlerin. Und lebte überhaupt nicht nur in auskömmlichen, sondern augenscheinlich in reichen Verhältnissen. Niemals auch hatte man von ihr gehört, dass sie einen oder den andern geldlich ausgesogen oder gar zugrunde gerichtet hätte. Sie bewahrte außerdem den äußeren Schein vortrefflich. So fand man, so sehr man auch suchte, keinen ausreichenden Anlass, sie zu verbannen.

Ich war einmal mit mehreren Kameraden bei ihr zum Mittagessen gewesen. Die Unterhaltung blieb bis ans Ende lebhaft im Gange. Man unterhielt sich von Allem. Und mir fiel auf, wie vorurteilslos sie sprach, selbst über Dinge, die zum Mindesten gewagte Gegenstände waren. Zugleich fiel mir auf, dass sie überaus abergläubisch sein musste, und das stand doch in hartem Widerspruch zu ihrer sonstigen Freiheit. Ja, geradezu ein Grauen überrieselte mich, als sie zum Schluss uns »die Karte legte«. Denn diese Karten – starrten von Schmutz. Sie waren so schmutzig, als hätten zwei Matrosen täglich, über hundert Jahre lang, mit ihnen gespielt. Wegen der scheußlichen Kruste dieser Karten war Einzelnes kaum noch klar zu erkennen; zum Beispiel ein Schlüssel, eine Taube, ein Schiff auf bewegter See, eine Krone, ein Herr, eine Dame, ein Blumenstrauß, ein Brief usw. Das Kartenlegen schien ihre Hauptbeschäftigung zu sein.

Dieses schöne, sonderbare Mädchen hatte sich plötzlich in Hubert verliebt. Ein junger Graf, den sie gerade bevorzugte, wurde von ihr wie ein nicht mehr brauchbarer Diener entlassen. Der Graf war außer sich: Seine Eitelkeit und Eigenliebe fanden sich aufs Höchste gekränkt.

\* \* \*

Ich erinnere mich deutlich des Tages: Wir waren vom Regimentsexerzieren gekommen, mit unsern beschmutzten Uniformen und Gesichtern zum Frühstück gegangen, und hatten uns dann zum Umziehen fürs Kasino in unsre Wohnung begeben. Kaum war ich in der Meinigen eingetreten, mein Bursche war damit beschäftigt, mir die schon bereitliegende frische Wäsche zu geben, da wurde heftig an meine Tür geklopft und die Tür ohne mein Herein aufgerissen.

Hubert stand vor mir im Exerzier-Anzug, von oben bis unten bestaubt. Er ging einige Schritt schnell hin und her und bat mich dann, meinen Burschen zu entlassen. Atemlos, nach Worten ringend, sagte er zu mir: »Es ist unerhört ... du wirst es nicht glauben ... das verdammte ... (er, der nie fluchte, nannte ein hässliches Scheltwort) sie wagt es, mir ... Nein, es ist eine Posse, ein schlechter Spaß ... Hier ist der Brief. Ich bitte dich, lies ihn gleich, jetzt ...«

»Du erlaubst mir doch, Hubert, erst Kamm und Bürste zu gebrauchen, mir die Hände zu waschen.«

»Nein, nein, nein«, schrie er aufgebracht, »wasch dir nachher die Hände! Dieser Brief darf nicht mit reinen Fingern gehalten werden!«

Ich wurde neugierig: »Bitte, setz dich, Hubert. So, nun lass mich lesen.«

»Geehrter Herr Lieutenant!

Der Schlüssel lag neben dem Turm, dann die Taube und der Blumenstrauß. Dann kam die Krone (es kann kein Zweifel mehr sein). Der Brief bedeutet Geld (ist mir gleichgültig). Aber unten und zuletzt legte ich den Herrn.

Schon lange wollte ich Ihnen schreiben, dass ich Sie liebe, dass ich Sie sehr, sehr liebe.

Heut Abend 8 Uhr erwarte ich Sie in meiner Wohnung. Sie kommen, ich weiß es, zu mir.

Ihre Nanny.«

»Nun«, rief Hubert, der gespannt meinen Augen gefolgt war, »was sagst du?«

»Ich sage, dass der Brief echt ist; ich kenne ihre Handschrift.«

»Aber ist denn die infame Person verrückt geworden! Willst du mir einen Gefallen tun?«

»Und der wäre?«

»Geh zu ihr und sag ihr, dass ich sie sofort der Behörde anzeigen würde, wenn sie mich noch einmal belästigt.«

»Die Behörde kann in diesem Falle nichts tun, Hubert. Ich rate dir, lass es laufen, das heißt: Antworte ihr nicht. Doch, da fällt mir ein ... warte ... gut, so werd ichs machen: Ich gehe zu ihr, um ihr die Leviten zu lesen. Du sollst Ruhe vor ihr haben.«

Noch an demselben Abend war ich bei der stolzen Nanny und erzählte ihr, was sie mit ihrem Brief angerichtet habe. Sie war untröstlich. Immer wieder beteuerte sie mir, die Karten hätten ihr prophezeit, mit dem zwanzigsten Jahre werde sie glücklich werden mit einem Leutnant. Gestern sei ihr zwanzigster Geburtstag gewesen. Ihre Karten betrögen sie nie. Ganz entschieden werde Hubert sie glücklich machen. Sie liebe ihn von ganzem Herzen.

»Aber Fräulein Nanny, Sie werden doch unmöglich glauben können, dass mein Freund ... Sie wissen wie die ganze Stadt, dass er verlobt ist und wie glücklich er lebt ...«

Die stolze Nanny fing an zu weinen. Das war für mich das Zeichen, mich zu entfernen.

Während ich mich von ihr verabschiedete, sah sie mich stumm an. In ihren Augen lag: Ich liebe Hubert. Er ist verlobt; ich werde ihn seiner Braut abspenstig machen. Er soll, er wird an meinem Herzen ruhen.

\* \* \*

Acht Tage nach diesem Vorfall marschierten wir zum Manöver aus. Hubert und ich standen bei derselben Kompanie.

Gegen Ende der größten Übungen, als wir eines Tages ins Biwak rückten, wurde unser Hauptmann durch einen Todesfall in seiner Familie in die Garnison gerufen. Für den Beurlaubten führte ich die Kompanie. Nur Hubert stand außer mir bei ihr.

Als er und ich uns von den Lagerfeuern ins Zelt zurückgezogen hatten, lagen wir bald, in unsre Decken gehüllt, in tiefem, gesundem Schlaf.

Irgendein Geräusch musste mich geweckt haben. Durch eine Spalte im Zelt sah ich die verglimmenden Holzklötze, um die, in ihre Mäntel eingewickelt, meine Leute schliefen. Ab und zu klang es aus der Nähe, als wenn sich zwei, die nicht schlafen konnten, leise unterhielten. Ab und an klang es auch wie verhaltenes Lachen, kam ein Klopfen, ein Scharren, ein Wiehern. In weiter Ferne einmal: »Halt! Wer da!«

Ich war im Begriff, wieder einzuschlafen, als ich sah, wie sich Hubert erhob, seinen neben ihm liegenden Säbel nahm und mit diesem die Verschlussleinwand etwas auseinanderzerrte. Er sah traurig in die Sterne, bleich, trostlos, voller Kummer.

»Hubert!«, rief ich leise.

Er drehte sich rasch zu mir: »Ich dachte, du schliefest.«

»Hubert, komm, sprich dich aus: Was fehlt dir? Woran trägst du so schwer?«

Der junge Offizier ließ den Säbel fallen; es wurde dunkel im Zelt. Dann hörte ich ihn leise weinen und schluchzen.

Ich sprang auf. »Hubert! Freund! Mensch! Halt ein! Erzähl mir. Wir kennen uns. Ich will dich trösten. Ich kann dir vielleicht helfen. Gib mir dein Herz und was dich quält.«

Und was er mir dann, ruhiger werdend, auseinandersetzte, war ein schweres Geheimnis, war etwas Trostloses und Aussichtsloses. Dass ich zuerst schier verzweifelte, einen Ausweg zu finden.

Hubert hatte sich mit allen Fasern, mit jedem Blutstropfen in die stolze Nanny verliebt. Er hatte ihr seine Liebe erklärt. Sie hatte an seinem Halse gehangen, als wenn sie ihn niemals wieder freigeben werde.

Es dämmerte. Unsere Burschen waren schon beim Waschen und Kaffeemahlen. Einer von beiden riss dumme

Witze, die von dem andern tüchtig belacht wurden. Ein junger, pflichteifriger Unteroffizier ließ seine Korporalschaft antreten. Ein ewig fauchender, zischender Sergeant meiner Kompanie, auf den ich sonst große Stücke hielt, schrie einem, der nicht wach werden konnte, so mordsmäßig in die Ohren, dass ich vom Zelt aus wettern musste: »Lieber Scognak, nicht so laut, wenn ich bitten darf.«

Ich fand keine Zeit in dieser Stunde des angehenden Lärmens, Hubert meinen Rat zu geben. Ich bat ihn, sich etwas zu gedulden; ich fände sicher Mittel und Wege, ihm helfen zu können. Und ich überlegte: Morgen kämen wir wieder in die Garnison zurück, dann wollte ich ihm meine Vorschläge machen. Ich wusste nicht recht, was ich ihm in dieser Minute und auch den ganzen Tag über, der mich dienstlich durchaus in Anspruch nahm, weiter sagen sollte.

Hubert gab mir seine Hand.

\* \* \*

Als wir am nächsten Tage wieder in unsre Stadt einmarschiert waren, eilte ich sofort in die Wohnung Huberts, um ihm meine Pläne, die ich mir inzwischen zurechtgelegt hatte, zu geben. Ich hatte außerdem Hubert schon unterwegs dahin verständigt, dass ich ihn gleich nach unsrer Ankunft aufsuchen würde. Aber mein Freund war unmittelbar nach dem Einmarsch mit vierzehntägigem Urlaub, den er sich schon auf dem Rückweg in die Garnison vom Obersten erbeten hatte, abgereist.

Es überkamen mich schlimme Ahnungen. Und nach drei Tagen kannte jeder schon den traurigen Ausgang seines jungen Lebens.

Wie sich diese Tragödie abgespielt hat, kann ich nur erzählen nach dem, was davon bekannt geworden ist, und wie es mir meine Fantasie eingegeben hat.

Hubert gehörte zu denen, die, nach dem herrlichen Bibelwort, selig sind, weil sie reines Herzens sind.

Furchtbar müssen seine inneren Kämpfe gewesen sein: Die sittenstrenge Seele meines Freundes, die Treue, die er seiner Braut geschworen, der Ekel, der Widerwille, den ihm von jeher jeder unlautre Liebesgedanke einflößte, die rückhaltlose Verdammung jedes losen Verhältnisses, die Ehre schließlich, die nach seiner Meinung verloren ging, wenn er auch nur ein leichtfertiges Wort mit einem Mädchen gewechselt hätte, das schon andern gehört hatte – alles das musste er nun über den Haufen werfen und geworfen haben, als er sich mit der stolzen Nanny einließ. Aber er liebte sie ...

In Wittenberg stieg, wie verabredet, die stolze Nanny zu ihm in den Zug. In Hamburg nahmen sie Zimmer in der »Stadt Stockholm«. »Baron Salzdalem und Baronin Salzdalem aus Berlin« stand in der Fremdenliste.

Am Tage schrieb Hubert Briefe, zum Ärger der stolzen Nanny. Oder er sah sich, mechanisch, die Bilder an den Wänden an. Nur eines davon schien er länger ins Auge zu fassen: Nach Art der berühmten Totenreigen tanzt ein Narr im Schellengewand mit Schnallenschuhen nach dem Geschmack des fünfzehnten Jahrhunderts vor einer Reihe einzeln aufeinanderfolgender Menschen. Er tanzt auf ein großes, leeres Grab zu, auf das er mit einem Szepter weist. Ihm folgt der König, der Bischof, der Edelmann und so fort, wie wir es aus den bekannten Bildern kennen. Aber ganz zuletzt steht ein dicker, wohlgenährter Mann im Bürgerwams des sechzehnten Jahrhunderts. Er will nicht mitspringen. Aus der rechten Hand zählt er Geld in die linke. Hubert konnte sich das nicht erklären: Warum tanzt dieser behäbige, äußerst selbstzufriedene Spießbürger nicht mit den andern auf das offenstehende Grab zu? Ins Grab muss er doch auch, wie alle andern ...

Baron und Baronin Salzdalem aus Berlin ließen sich das Essen aufs Zimmer bringen. Abends fuhren sie, zur höchsten Freude der Nanny, in ein Operettentheater. Es wurde Offenbachs »Schöne Helena« gespielt. Hubert, dem überhaupt jeder Sinn für Humor fehlte, hasste Offenbach; er konnte sich nicht in die Lustigkeit dieser in ihrer Art klassischen Musik hineinfinden. Nanny unterhielt sich köstlich. Er saß blass, traurig im Hintergrund seiner Loge und sprach kein Wort.

Nach dem Theater, als sie auf ihrem Zimmer in der »Stadt Stockholm« zu Abend gegessen hatten, kam es zu einem heftigen Auftritt zwischen ihnen:

Nanny hatte ihren geliebten Hubert stürmisch umhalst. Und wohl zum ersten Mal in ihrem Leben hatte ihr Herz in wirklicher Liebe geschlagen, in wirklicher, alles überwältigender, alle Hindernisse niederreißender Liebe. Und sie mochte sich Gedanken überlassen: Hubert für immer an ihr Herz und in ihr Herz zu ziehen, mit ihm durchs Leben zu gehen, nur ihm, nur ihm von nun an die Treue zu wahren.

Aber ein Anfall von rasender Eifersucht auf die früher Bevorzugten seiner schönen Begleiterin riss Hubert, riss ihn zu wilden Ungerechtigkeiten hin. Er peinigte und quälte sie so mit Vorwürfen, dass das arme, schwer geängstigte Mädchen zuletzt in Ohnmacht fiel. Hubert trug sie mit starken Armen aufs Bett. Nanny erwachte, schlief aber gleich fest ein nach den Anstrengungen des Tages, nach den letzten schrecklichen Vorkommnissen, nach den vielen Tränen.

Es war gegen fünf Uhr morgens, als sich Hubert vom Sofa, wo er in dumpfem Sinnen gesessen hatte, erhob und auf den Zehen zu seinem geöffneten Koffer schlich. Er nahm einen geladenen Revolver heraus und ging mit ihm ans Fenster. Hier prüfte er jede einzelne Patrone.

Es war in der Morgendämmerung. Verschlafene Schutzmänner standen an den Ecken, ein Dienstmädchen, das einem Schlächtergesellen begegnete und sich mit diesem, stehenbleibend, in ein langes Gespräch einließ; ein alter Mann mit vorgebundenem Schurzfell schlurrte auf Pantoffeln vorbei. Letzte Nachzügler aus lustigen Kneipen segelten schwerfällig übers Pflaster, Bäckerjungen pfiffen ein Liedel, eine Nachtdroschke rumpelte im schläfrigsten Knickebeintrab vorüber: Der Insasse bückte den nickenden Kopf nach vorn. Krähen flogen, immer einzeln, aber in steter Reihenfolge, gegen Sonnenaufgang zu; die Flammen der Straßenlaternen wurden abgedreht, Fabrikarbeiter mit Blechkannen eilten ihres Weges. Kleine, rosige Wolken im Osten, wie süße, unschuldige Liebesgötter, zeigten sich ...

An Hubert zog das alles vorüber wie ein Schattenzug. Er sah alles und sah nichts.

Es wurde heller.

Langsam ging er ans Bett, auf dem Nanny, fest schlafend, ausgestreckt lag. Sein Gesicht war leichenblass, wie aus Stein gehauen. Sein Arm hob sich, er zitterte nicht. Er hielt die Waffe an die rechte Schläfe des ruhig atmenden Mädchens. Ein Schuss ... Totenstille.

Dann ging er rasch, die Augen starr, unbeweglich, zum Sofa. Er setzte sich hinein und lehnte den Kopf zurück in die rechte Ecke. Ein zweiter Schuss ... Totenstille.

Über die Dächer blitzten die ersten Sonnenstrahlen. Rastlos entwickelte sich das Straßenleben. Der erste Peitschenknall des Tages klang aus der Ferne.

## Der gelbe Kasten

*Eine Schuldengeschichte.*

Mit dem alten Ehlertvadder, Vater Ehlert Hompfeldt, saß ich heute Morgen zusammen auf der Bank vor seinem Laden. Er ist siebenundachtzig Jahre alt und versieht mithilfe seiner beiden unverheirateten, stark ergrauten Söhne das erste Geschäft unseres Städtchens. Die Linden um sein Haus stehen in Blüte. Die Linde ist ein dankbarer, lieber Baum; ihr Blatt ist herzförmig (a bissl Schiefigkeit ist allweil dabei). Wer hat je einen Lindenwald gesehen? Ich nicht.

Ol Ehlertvadder hat nur einmal in den siebenundachtzig Jahren seine Heimat verlassen, auf fünf Wochen. Wie lang ist es her? Über fünfzig Jahre. Unser Städtchen lag seit langen Zeiten mit einem Nachbardorf in Streit um die Kattenwisch (Katzenwiese). Beim Reichskammergericht füllten sich schon sechs Säle mit Akten in dieser

Angelegenheit. Endlich rafften sich der Fleckensvorsteher und die Ratmänner auf: Es wurde beschlossen, einen Ausschuss der Bürgerschaft zum König nach Kopenhagen zu senden. Friedrich der Sechste, ein sehr gutmütiger, willenseifriger, aber beschränkter Herr, empfing die »Untertanen« in seinem Schloss. Ehlertvadder hatte zu sprechen und zum Schlusse die »Supplik« zu überreichen. Aber er nahm schon vor seiner Rede mit großer Schnelle, als wolle er eine Pistole aus der Brust reißen, das Gesuch hervor, um es ehrerbietig in die Hände seines Königs zu legen. Der Monarch erschrak heftig und ging, den unglücklichen Ehlertvadder fest im Auge behaltend, hastig rückwärts mit den Worten: Oooo, wollen Sie mich erschießen, mein Lieber?

Das war Ehlertvadders einzige »Geschichte« im Leben. Und diese war ich gerade im Begriff, zum siebenhundertundsiebzigstenmal zu hören, als mir der vorübergehende Briefträger sagte, dass er in meinem Hause eben ein schweres Paket für mich abgegeben habe. Ich verabschiedete mich deshalb.

In meiner Wohnung angekommen, fand ich einen Eichenkasten vor, gelb, lackiert, mit Messingbeschlägen. Er war 43 cm lang, 24 cm hoch, 21 cm breit. Übrigens ein ganz verrückter Einfall von mir, ihn gleich zu messen. Der Schlüssel lag in einem versiegelten Briefumschlag dabei. Aus dem Begleitschreiben konnte ich erst gar nicht klar werden. Ein mir gänzlich unbekannter Herr v. Rückershausen in Berlin sandte mir dies »Erbstück« von seinem vor einiger Zeit verstorbenen Vetter Hans v. Meyendorff, der es mir ausdrücklich in seinem letzten Willen vermacht habe.

Meyendorff? Meyendorff? Wer war Hans von Meyendorff? Ich sann hin und her. Endlich fiel mir ein, dass ich vor vielen Jahren in Wiesbaden mit einem alten Herrn v. Meyendorff verkehrt hatte. Meyendorff war ein langer, hagerer, stramm gehender Mann mit einem Generalsgesicht; feierlich, verbindlich, vornehm, milde in seinem Urteil.

Voller Neugier öffnete ich den schweren Eichenkasten. Ich fand darin einen Brief und ein Heftchen, betitelt: Schulden. Gleich, nachdem ich die Anfangszeilen seines Schreibens gelesen hatte, floss durch mein Gehirn eine starke Erinnerungswelle. Einige Sätze lauteten:

»... Sie griffen damals unsern gemeinsamen, unglücklichen Bekannten, den Hauptmann Lempferd, so stark an, dass ich mich seiner annehmen musste. Sie sprachen von seinen ›dolosen‹ Schulden, und weiter im Gespräch: dass Schuldner, die Sie mit Schuldenmachern verwechselten, Ihnen ohne Ausnahme Lügner seien, unehrliche Leute, ja schlimmer als Diebe und Betrüger. Ich meinerseits behauptete ...

... und somit lege ich Ihnen meine eigene Schuldengeschichte vor. Der gelbe Kasten, worin ich dies Heft einsarge, spielt eine Rolle darin ...«

Und nun stand mir die Stunde vor Augen: Herr v. Meyendorff und ich waren über einen uns nicht fremden Hauptmann Lempferd, der wegen großer Schulden hatte den Abschied nehmen müssen, ins Gespräch gekommen; und waren schließlich über das Thema Schulden und Schuldenmachen im Allgemeinen etwas aneinandergeraten. Und nun fiel es mir wieder ein, wie liebevoll Herr v. Meyendorff den Hauptmann verteidigt hatte; wie hart, ganz gegen seine sonstige Gewohnheit, sein Urteil – gegen mich war es wohl hauptsächlich in dieser Stunde gerichtet – gegen alle sprach, die, ohne die Schuldenqual zu kennen, schonungslos über jeden herfallen, der sich in bedenklich verwickelten Geldangelegenheiten befindet. Ich erinnere mich noch deutlich seiner Worte: »... nun, alle die, denen angeborener oder anerzogener Ordnungssinn, Geldverständnis, kaufmännisches Genie, fortwährendes Denken an die Zukunft, geregeltes Vermögen, sozusagen vom Hause aus zu Hilfe kommt, alle die werden niemals begreifen können, wie es denkbar ist, dass Tiefverschuldeten Tod und Teufel, Krankheit, Verleumdung, kurz alle Gräuel der Erde, ja selbst Zahnschmerzen und Liebesgram in der Zeit gleichgültig sind; dass sie ungerührt und unberührt am Sterbebett ihres besten Freundes stehen können ...«

\* \* \*

Das Heftchen begann:

Als Selektaner der Hauptkadettenanstalt hatte ich mir zum Eintritt in die Armee das neunte Garderegiment zu Fuß aufgeschrieben. Meiner Bitte wurde entsprochen. Mit den Amorsflügeln, den Epauletten, flatterte ich ins Regiment.

Ich war der Sohn eines einst reichen westfälischen Gutsbesitzers. Der Rasen deckte längst meine Mutter.

Kaum drei Monate war ich Offizier, da starb mein Vater. Er hinterließ die verwirrtesten Geldverhältnisse. Das Gut musste verkauft werden. So viel ich konnte, suchte ich den Gläubigern gerecht zu werden. Dadurch ging für mich der letzte Pfennig verloren. Ich hätte nun den Abschied nehmen müssen; denn ohne jede Zulage in Berlin, Verwandte hatte ich nicht, überhaupt als Leutnant zu leben, dürfte undurchführbar sein. Aber ich blieb. Meinem Regimentskommandeur und meinen Kameraden verheimlichte ich, törichterweise, die missliche Lage.

Wegen unvermeidlicher Ausgaben musste ich bald Schulden machen; es waren die ersten. Aber diese wurden schon nach einem halben Jahre lästig; ich war Wucherern in die Hände gefallen. Diesmal rettete mich ein reicher Freund, dem ich mich im Kadettenkorps angeschlossen hatte, und der auch mit mir im selben Regiment stand. Merkwürdig genug; denn während ich, übersprudelnd, jedem mein Herz gab, der mir ein freundliches Wort sagte, blieb mein Kamerad still, ernst, in sich gekehrt auch in der lustigsten Gesellschaft. Er gebot über ein großes Vermögen, das ihm unversehrt und unangefressen am Tage seiner Volljährigkeit übergeben worden war. Er war eine jener äußerlich kalten Naturen, die ein mildes, mitfühlendes Herz für ihre Mitmenschen haben, solange sie überzeugt sind, dass diese keine Verschwender sind. Mit sechzig Talern, wie mit seinen sechstausend, wäre er gleich gut im Jahre ausgekommen. Ohne geizig zu sein noch auch zu scheinen, obgleich wir ihn so nannten, sparte er im kleinen, gab im geheimen große Summen, wo er wirkliche Not wusste.

An ihn nun wandte ich mich in meiner Not. Ich vergesse die Stunde nicht:

»Ehe ich dir helfen kann, musst du mir, lieber Hans, klar nicht nur jeden Pfennig deiner Schulden auseinandersetzen, sondern deine ganzen Verhältnisse.«

Manch anderer mit seinem Reichtum hätte vielleicht nur gesagt: Wie viel brauchst du, alter Kerl.

Das war mir ein recht übler Anfang; aber es half nichts. Ich beschrieb ihm umständlich meine Geldverlegenheit, beichtete jeden Posten bei Heller und Pfennig.

Manch anderer mit seinem Reichtum, und mit dem Willen und Können, mir zu helfen, hätte nun wenigstens gesagt: Bis morgen früh, mein alter Kerl, wird es mir ein Vergnügen sein, dir mit dem Quark behilflich zu sein.

Nicht so mein Freund Paul.

Er bekrittelte manche »unnütze« Ausgabe. So sagte er: Du hättest wahrlich mit zwölf Paar Handschuhen auskommen können, statt dir drei Dutzend anzuschaffen ... Und dies Service hier; aber wozu denn? Zwei Tassen und ein einfaches blaugerändertes zu zehn Talern hätte ja vollständig genügt. Und nun denke: Neunundachtzig Taler dreizehn Silbergroschen hast du weggeworfen ... Und was sehe ich hier: einen Teppich zu zweihundertundsiebenundzwanzig Talern; nun, ich gestehe ...

Und so ging es weiter. Endlich sagte er kurz: Es sind zusammen   zweitausenddreihundertundeinundfünfzig Taler dreiundzwanzig Silbergroschen. Gut, ich werde es bezahlen; die Rechnungen natürlich ohne Abzug, aber die Wucherer erhalten nur 3½ Prozent. Du wirst deshalb die Freundlichkeit haben, diese Edlen zu übermorgen um 12 Uhr mittags in meine Wohnung zu bestellen.

Es lag in allen Bemerkungen Pauls etwas Hartes, ja Höhnisches; mein Herz zog sich zusammen unter seiner Kälte, wenn sie auch nur scheinbar war.

Zum Schluss sagte er: Nun, das wirst du einsehen, Offizier kannst du nicht länger sein; es ist das unmöglich ohne Zulage. Du wirst dich also entschließen müssen, was du nach deinem Abschied tun willst. Nach Amerika zu gehen, rate ich dir nicht. Dort dein Brot zu verdienen, würde dir nicht gelingen. Dazu fehlt dir auch, verzeih mir, jede Tatkraft. Am besten wärs vielleicht, da du gern Soldat bist, wenn du dich von den Holländern anwerben ließest.

Ich war nahe daran, meinen Freund Paul wütend zu verlassen, ihn zu bitten, mir meine Schulden nicht zu bezahlen. Aber ich bezwang mich und ging, ihm herzlich meinen Dank aussprechend, froh und traurig zugleich, nach Hause.

Nach einer Stunde erschien der Bursche Pauls. »Ist Antwort gewünscht, Behnke?« – »Nein, Herr Leutnant; der Herr Graf haben mir nur befohlen, den Brief an Herrn Leutnant abzugeben.« – »Gut, Behnke.«

Ich erbrach hastig das Schreiben:

Lieber Hans!

Ich habe mich anders besonnen. Du bleibst. Ich werde Dir für jeden Monat fünfzig Taler Zulage geben. Damit kannst Du auskommen. Ich setze Dir die eben genannte Summe, zahlbar in Raten jeden Monat, bis zum Hauptmann erster Klasse aus. Nur wenn Du einmal durch irgendeinen Umstand in die Lage kommen solltest, ausreichend Geld zu haben, würde ich Dich an die Verzinsung mit 1 Prozent erinnern. Ich werde dafür sorgen, dass Dir auch im Falle meines Todes diese Zulage ausgezahlt wird.

Eins hebe ich aber hier ausdrücklich hervor. Sowie ich erfahre, dass Du wieder Schulden – etwas Widerwärtigeres im Leben kenne ich nicht – gemacht hast, ziehe ich sofort alles zurück und überlasse Dich Deinem Schicksal.

In alter Freundschaft
Dein Paul.

Das kühle Schreiben berührte mich unangenehm. Aber andererseits wars doch eine außerordentliche Güte von ihm, mir ein so großartiges Anerbieten zu machen. Ich dankte ihm aus innigstem Herzen.

Es ging wirklich nun ein halbes Jahr gut. Ich schränkte mich ein, kam mit den fünfzig Talern aus. Zu meiner eignen Verwunderung, denn mir fehlte jeder Geldsinn. Dann aber geriet ich schnell in die Brüche: Die Unteroffiziere meines Bataillons hatten Erlaubnis erhalten, ein Tanzvergnügen zu veranstalten. Zu diesem wurden wir Offiziere eingeladen. Ich kam an diesem Abend durch zu vieles Trinken in sehr heitere Stimmung; ich wusste kaum mehr, dass ich Sekt auf Sekt bestellte. Am andern Morgen sandte mir der Wirt eine Rechnung von 244 Talern für in der Nacht vorher von mir geforderten Champagner. Ich hätte mir nun helfen können, wenn ich dem Wirt gesagt hätte, nach und nach die Summe bezahlen zu wollen; aber das litt mein Hochmut nicht. Ich nahm wieder zu den Wucherern meine Zuflucht. Auf der Stelle, gegen hohe Zinsen, erhielt ich das Geld. Andere

Schulden kamen bald hinzu. Und damit war mein Untergang besiegelt.

Nach acht Wochen reichte ich meinen Abschied ein, den mein Regimentskommandeur nur mit Zögern höheren Orts befürwortete. Alle die Qualen des Scheidens aus geliebten Verhältnissen, von meinen Kameraden, hatte ich nun durchzumachen.

Einige Stunden vor meiner Abreise trat Paul bei mir ein: kalt und ruhig wie stets. Sogar eine mir in diesem Augenblick recht unpassend dünkende Strafpredigt musste ich noch anhören. Am Schluss sagte er, wie im Gesprächston: Du wirst unmöglich in Recklinghausen (dorthin wollte ich zunächst, es lag in der Nähe des Gutes meines verstorbenen Vaters, hier fand ich wenigstens noch einige Bekannte) ohne alles leben können. Ich bitte dich, diese fünfhundert Taler anzunehmen. Und nun: die Schnauze hoch, mein guter Hans. Du hast dir selbst die Suppe eingebrockt, nun iss sie auch aus.

Und damit verschwand er.

\* \* \*

Zuerst diente ich, schon im zweiten Jahr Offizier geworden, sieben Jahre in holländischen Diensten in den Kolonien. Musste aber dann, weil ich das Klima nicht länger vertragen konnte, nach Europa zurück. Eine kleine Pension verblieb mir.

Ich wählte eine süddeutsche Stadt als Aufenthaltsort. Aber hier wie überall, wohin ich zog, konnte ich mich nicht halten.

Endlich gelang es mir, in einer kleinen Stadt der Provinz Posen eine kleine Stelle als Verwaltungsbeamter zu erhalten. Ich werde, solange ich lebe, dies Nest nicht vergessen.

* * *

Außer meiner siebenjährigen Dienstzeit in holländischen Diensten hatte ich später, in den letzten dreizehn Jahren, nur in großen Städten gewohnt. Von meiner kleinen Pension konnte ich natürlich nicht leben und war deshalb immer wieder in Geldverlegenheiten geraten. Statt mich totzuschießen oder in ferne Länder zu ziehen, war ich so ehrlich, aber auch so töricht gewesen, mit meinen zahlreichen Gläubigern in Briefwechsel zu bleiben. Dadurch wurde die Last fortwährend größer. Durch meine ewigen Versprechungen hatte ich geradezu abscheuliche Unannehmlichkeiten. Und das mit Recht.

Auch von dem kleinen polnischen Ort aus, wohin mich das Schicksal geführt hatte, benachrichtigte ich sofort meine sämtlichen Gläubiger. Natürlich begann auf der Stelle die Hetzjagd. In der Liliputstadt fand ich beim Einzug als Beamter einen großen Kredit offen, den ich ungesäumt benützte, um mich so hübsch wie möglich einzurichten.

Der Verkehr mit den »Honoratioren« wurde mir ganz angenehm. Aber ich traf keinen unter ihnen, dem ich mein Herz ausschütten konnte. Nur der Amtsrichter, ein prächtiger Mensch, wusste bald Bescheid durch die einlaufenden Klagen.

Ich lebte mäßig, verschwendete nicht; aber dennoch wurde, durch die alten Gläubiger besonders, mit jedem Tag meine Lage unerträglicher.

Es muss nicht angenehm sein, am Morgen seiner Hinrichtung zu erwachen; dennoch können die Gefühle bei diesem Erwachen, wenn überhaupt der Schlaf gekommen ist, himmlisch genannt werden gegen mein Erwachen Morgen für Morgen. Was Alles konnte mir der je sich erhellende Tag bringen. Zuletzt konnte ich nicht mehr dagegen an. Ich schwamm auf einsamem Boot mitten im Ozean.

Seit Wochen steckte ich Brief auf Brief, selbst die Zuschriften aus dem Städtchen, uneröffnet in einen gelben Kasten, den ich, so schwer er war, auf allen meinen Reisen und wo immer ich wohnte, bei mir behalten hatte.

Ich erinnere mich genau der acht Wochen, in denen ich mich nicht überwinden konnte, einen Privatbrief zu öffnen. Es war denn doch die schrecklichste Zeit meines Lebens. Jeden Morgen stand ich mit dem bestimmten Vorsatz auf, die Briefe zu erbrechen; jeden Abend sank ich sterbensmatt, nervös, krank, elend auf mein Bett, heiß mir den Tod erflehend. Es war im Juni und Juli. Ein besonders schöner Sommer beglückte uns. Einzig erquickte mich ein stiller Platz am Rande eines Gehölzes, von wo ich meilenweit in die Umgegend sehen konnte. In der Ferne ging die Bahn vorbei; ich verfolgte sehnsüchtig die Rauchwolken der Lokomotiven. Und eben brauste ein Zug vorüber nach Posen. Hatte ich nicht flüchtig heute Morgen ein an mich gerichtetes Schreiben aus Posen gesehen? Die Adresse war französisch geschrieben. Eine zierliche Mädchenhandschrift. Mein Gott, von Anastasia; natürlich, von Anastasia! Und ich hatte den Brief ebenfalls in den gelben Kasten geworfen.

Stasia!

Ich hatte die kleine Dame neulich mal kennengelernt in Posen. Und dann? Nun, wie das so vorkommt.

Ganz gleich. Ich stürmte nach Hause.

Ich schloss ungestüm den gelben Kasten auf, und – obenauf ruhte, über einem wüst über- und durcheinanderliegenden Briefhaufen, das zierliche Schreiben. Ich erbrach es sofort.

Die kleine reizende Polin mit den langen schwarzen Flechten stand mir mit einem Mal lebhaft vor Augen. Aber nun? Weibergeschichten, Liebesspiel in dieser Zeit?

Ich schrieb ihr hastig wieder, dass ich augenblicklich mit so ganz abscheulichen Widerwärtigkeiten zu kämpfen habe, dass ich auf ein Wiedersehen vorläufig verzichten müsse. Vorläufig! Welches Wort in einem Liebesbrief!

An ein weiteres Öffnen der Briefe im gelben Kasten dachte ich an diesem Abend nicht mehr.

Am andern Morgen erschien plötzlich Stasia bei mir, liebeglühend, schluchzend. Sie wolle mir helfen, mir abnehmen, was sie könne. Worin denn mein Unglück bestehe?

Liebe und Schulden! Unvereinbar. Und doch saß am selben Tag Stasia neben mir, als ich Brief für Brief öffnete. Welcher Wahnsinn, dies nicht gleich bei jedem angekommenen getan zu haben. Bei vielen war jetzt schon die Antwort zu spät.

Stasia saß neben mir, tröstete mich, ermutigte mich, blieb bei mir, empfing die Gläubiger, die oft aus fernen

Gegenden kamen, schrieb für mich Antworten, kurz: War mein guter Engel.

Das half mir aber nicht drüber weg. Meine Sache wurde mit jeder Stunde unhaltbarer. Jedes Klingeln an der Haustür erschreckte mich. Ich konnte kein Geld mehr bekommen für die täglichen Ausgaben, und jeden Augenblick war etwas zu bezahlen: die Gerichtskosten, die Steuern, alle jene feinen Betteleien für Vereine, Konzerte, die immer bei mir, als zu den »Spitzen« gehörend, ihren Anfang nahmen. Ach, alle die zahlreichen, ewigen Demütigungen. Der Gerichtsvollzieher besuchte mich oft; mit aller Schonung. Aber es wurde doch bald offenkundig. Nur mit äußerster Mühe gelang es mir, die Pfändung noch hinzuhalten. Zum Überfluss hatte ich noch Wechsel unterschrieben, um mich zu retten.

Es ging nicht mehr. Ich beschloss, ein Ende zu machen. Ich wollte einen letzten Versuch bei meinem alten Freund Paul wagen, der, verheiratet, auf seiner Besitzung am Rhein lebte.

Es war nicht leicht für mich, gewissermaßen mir nichts dir nichts abzureisen. Ich wurde beobachtet. Aber es gelang mir. Ich hatte einen vierzehntägigen Urlaub genommen.

Mein Freund empfing mich kühl. Er sei nun nicht mehr der Verwalter seines Vermögens für sich allein; er habe für seine Frau und für seine Kinder zu sorgen. Ich erhielt nichts außer guten Ermahnungen.

Nun beschloss ich, mir den Tod zu geben. Aber ich wollte auf »anständige Weise« sterben. In Bacharach blieb ich, mietete mir einen Kahn und fuhr in den Rhein hinaus, um in der prächtigen Sommernacht – ein Bad zu nehmen. Schon schwamm ich und schwamm und schwamm; das Boot mit meinen Kleidern war längst meinen Augen entschwunden. Und ich wurde nicht müde; und das wollte ich doch gerade ... Plötzlich hörte ich nicht weit von mir einen Nachen schnell heranrudern und gleich darauf einen Fall in den Strom, Geplätscher, Hilferufe. Alle Kraft kam wieder in mich: ein Mensch in Gefahr. Ich schwamm auf die Stelle zu, packte einen, der im Untersinken begriffen war, und brachte ihn mit vieler Mühe ans Ufer.

Am andern Morgen saß ich dem von mir Geretteten in seinem Zimmer im Hotel gegenüber und erfuhr eine wunderbare Geschichte: Der etwa fünfzigjährige Engländer, den ich aufs Trockene gebracht hatte, war der dritte Sohn eines Herzogs. Er erzählte mir, dass er mich seit zwei Tagen beobachtet habe; er hätte bald bemerkt, dass ich die Absicht gehabt habe, mir das Leben zu nehmen. Und zur festen Überzeugung wäre ihm das geworden, als ich mich gestern Abend spät in den Kahn setzte; er sei mir nachgefahren, bei einer ungeschickten Bewegung über Bord gefallen, usw. Ich sei sein Lebensretter, er sei mir bis zum Grabe verpflichtet ... Ob er mir (und er erzählte das so ruhig, wie eine gleichgültige Wetterbemerkung) mit Geld aushelfen könne; ich hätte wohl Schulden und hätte deswegen die Erde verlassen wollen ...

Ich war zuerst sprachlos. Aber er drückte mir so innig die Hand, gab mir so herzlich zu wissen, dass er Überfluss an Geld habe und dass es ihm ein großes Vergnügen machen würde, mir zu helfen, dass ich einschlug. Ich erzählte ihm von meiner jahrelangen Qual.

Am andern Tage hatte ich in Köln, wohin er mit mir gefahren war, die Summe, um meine sämtlichen Schulden bezahlen zu können.

Ich behielt meine dienstliche Stellung in dem kleinen polnischen Städtchen während der nächsten zwei Jahre, in denen mich mein englischer Freund mit namhaften Summen unterstützte. Da – es klingt romanhaft – starb der Engländer und hinterließ mir sein großes Vermögen, sodass ich sofort meinen Abschied nehmen und in eine große Stadt ziehen konnte. Und nun, als ich Geld hatte: Wie leicht war es, durchs Leben zu kommen, zu rechnen, einzuteilen.

Nur weniges habe ich noch hinzuzufügen: Von Köln fuhr ich damals nach Posen. Ich wollte Stasia, die mit ihrer verwitweten Mutter zusammenwohnte, heiraten. Dies liebe Geschöpf. Aber als ich ihr Haus erreicht hatte, fand ich sie im offenen Sarge. In ihre dunklen Haare hatte sich ein Kranz von weißen Rosen so sehr verliebt, dass er sich unlösbar in sie verflochten. Stasia war beim Füttern der Schwäne in einem Parkteich von einem dieser tückischen Tiere geschlagen worden. Der linke Arm war gebrochen. Nach drei Tagen trat eine Herzlähmung hinzu, und das junge Mädchen verschied.

Der Engländer, der mir so gütig geholfen, der mir sein Vermögen vermacht hatte, schrieb mir in einem Briefe, der mir nach seinem Tode gesandt worden war, dass er durch Umstände, die er hier nicht wiederzugeben brauche, in Erfahrung gebracht habe, wie tief ich in Schulden

gewesen sei. Er habe mich verfolgt, in Bacharach bestimmt gemerkt, dass ich mir das Leben habe nehmen
wollen. Er, ein ausgezeichneter Schwimmer, habe sich
nur als ein Ertrinkender gestellt, um Gelegenheit zu bekommen, mir durch meine Hilfe zu helfen. Ein wenig
Spleen war allweil dabei – aber einerlei, er hatte mich
gerettet aus edelster Menschenliebe.

*<br>* *

Damit endete Meyendorffs Bericht. Ich nahm sein Begleitschreiben noch einmal in die Hand und las es. Der
Schluss lautete:

»... dass ich Ihnen, lieber Freund, meinen gelben Eichenkasten vermache, hat darin seinen Grund, dass er
mir lieb und wert gewesen ist. Er stand stets vor mir im
Zimmer zur Erinnerung und Ermahnung, nichts auf die
lange Bank zu schieben, was schnell abgemacht werden
kann; und vor allem Briefe so bald wie möglich nach ihrer Ankunft zu öffnen.

Wenn auch meistens durch eigene Schuld meine ersten
Geldverlegenheiten entstanden waren, immerhin habe
ich sie gebüßt durch die jahrelangen furchtbaren Kämpfe.

Ich erinnere mich deutlich, wie hart Sie damals in
Wiesbaden urteilten, ohne zu ahnen, mit welcher über-
menschlichen Anstrengung sich gerade jener Hauptmann gewehrt hatte.

Gewiss, leichtsinnig und immer wieder leichtsinnig
gemachte Schulden sind ein Verbrechen, wenn keine
Aussicht vorhanden ist, sie zu decken. Und dennoch –
die ewigen Qualen, die Demütigungen: Es sind tausend-

fältig teuflische Strafen. Jedes Haustürklingelgeräusch ist ein Posaunenstoß aus der Hölle.

Und schließlich: Der immerwährende Schuldengedanke, mit dem man umhergeht, der einen nie verlässt, tötet alles Edle in uns, nichts mehr rührt und berührt uns; wir werden kalt, unbewegt gegen fremdes Leid. Wir sind nur mit der einen Arbeit beschäftigt, die Ketten abzustreifen, die uns schwerer und schwerer zu Boden ziehen mit jedem Tag, bis sie uns endlich ins Grab gezogen haben.«

### Das Ehepaar Quint

Das Ehepaar Karl Heinrich und Luise Henriette Quint hatte die goldene Hochzeit schon hinter sich. Sie hatten sich, fast auf den Tag gleichaltrig, vor über fünfzig Jahren verheiratet in einer hessischen Stadt. Fast unmittelbar nach der Hochzeit ging Karl Heinrich nach dem Süden und brachte nach zwei Jahren seiner jungen Frau ein hübsches Vermögen nach Haus. Darauf zogen sie gleich in eine nordhannöversche Stadt, die so nahe bei der Elbe lag, dass man sie, wenigstens vom Kirchturm aus, sehen konnte. Die nächste Stadt war Harburg, wohin man zu Fuß in anderthalb bis zwei Stunden gehen konnte.

Wo Karl Heinrich Quint in den zwei Jahren gewesen ist, hat niemand erfahren. Er erzählte stets, dass er in der Türkei gearbeitet habe als Schneider, und zwar in einer Militärhandwerksstätte. Während seiner Abwesenheit war der russisch-türkische Krieg gewesen.

Aber keiner glaubte ihm recht seine Aussagen, und so wussten Karl Heinrich und seine Ehefrau allein, wo das Geld hergekommen war.

Sie wohnten am Ende ihres Städtchens in einem für sich stehenden Häuschen. Sie wohnten ganz allein. Karl Heinrich betrieb sein Schneiderhandwerk zur vollen Zufriedenheit der Einwohner. Die Eheleute, das wusste die ganze Stadt, waren außergewöhnlich geizig. Und durch ihren Geiz kamen sie mit der Zeit immer mehr ab von ihren Mitbewohnern, sodass sie zuletzt mit keinem mehr verkehrten, zumal der Mann sein Geschäft ganz aufgehoben oder wenigstens nur zum Schein aufrechterhalten hatte. Nur zuweilen klopfte abends, wenns ganz dunkel geworden war, der oder jener an die Haustür. Dann wurde inwendig rasch aufgemacht, und der Gast trat ein. Er fand dann alles so, als wenn der Schneider eben von seinem Tisch aufgesprungen sei. Die Frau hatte ein offenes Gesangbuch vor sich und sah, über die Brille weg, dem Ankömmling entgegen.

»Sie wissen, weshalb ich komme. Ich kann mich nicht mehr halten und muss jetzt zweitausend Mark haben, oder es geht schief.«

»Ja«, antwortete der Schneider, »das ist leicht gesagt: Zweitausend Mark haben. Aber wie ist das zu machen? Sie wissen, wie kümmerlich ich mir mein Geld verdient habe und verdiene. Und nur, weil ich alt bin, kann ich nur ab und zu meinem Handwerk nachgehn. Wo soll ich denn da das Geld herkriegen? Was können Sie mir für Sicherheit bieten?«

Der Angekommene machte ihm nun, so gut es ging, die Sicherheit klar.

Der Schneider, der genau die Verhältnisse aller Bewohner der kleinen Stadt kannte, antwortete: »Na ja, ich will es tun; aber ich kann nicht anders, ich muss vierzig Prozent haben ...«

»Das kann ich nicht geben!«, rief der Bittsteller mit Entsetzen. »Das sind ja achthundert Mark im Jahr!« Und er sprang vom Stuhl auf.

»Nun ja, wenn Sie das Geld auf ein ganzes Jahr haben wollen. Gut, machen wirs auf ein Vierteljahr. Und Sie zahlen mir dann zweihundert Mark.«

Nun gab es ein langes Hin und Her, bis endlich der Schneider versprach, ihm morgen die zweitausend Mark aus Hamburg zu holen.

Von solchem Einkommen lebten sie. Er war ein Wucherer. Nur auf die höchste Sicherheit lieh er. Und immer wusste er es zu machen, dass er wegen seiner ungeheuren Zinsen nicht mit den Gerichten in Zusammenstoß kam. Freilich, aus Hamburg musste er jedes Mal von seinem Gelde holen. Dort hatte er sein Geld auf vier verschiedenen Banken stehen. Aus dem Grunde, dass er, wenn eine der Banken fallit machen sollte, immer dann noch die anderen hatte. Seit Jahrzehnten lag sein Geld auf den Banken in Hamburg. Und da er die Zinsen stets stehen ließ, so waren sie Zins auf Zins gestiegen. Sein Vermögen belief sich jetzt auf etwa fünfmalhunderttausend Mark. Davon wussten nur der Schneider Quint und seine Frau. Sonst ahnte kein Mensch etwas davon, wenngleich im Städtchen ein unbestimmtes Gerücht ging, dass er sehr reich sei.

Aber wie lebten auch die beiden: Nichts, nichts gönnten sie sich. Nur der Sonntag sah ein Stück Fleisch im Topfe. Niemals verreisten sie, niemals gingen sie in Theater oder Konzert. Bei Wohltätigkeitssammlungen gaben sie immer nur einen geringsten Beitrag; und wo sie konnten, drückten sie sich auch um diesen.

Musste er auf seine Banken, so ging er zu Fuß nach Harburg und fuhr von dort vierter Klasse nach Hamburg. Zwei trockene Semmeln hatte er mit, die er im Sommer unterwegs in den Straßen und auf öffentlichen Plätzen verzehrte, im Winter auf dem Bahnhof.

Sonntags waren Quints in der Kirche. Das hielten sie für notwendig, teils wegen ihrer »ewigen Seligkeit«, teils um die Verbindung mit der Stadt nicht zu verlieren. Immer lag auch das Gesangbuch auf dem großen Schneidertisch. Und wenn einer, bei noch nicht geschlossener Haustür, eintrat, hörte er gleich ein Geplärr von drinnen. Das war dann Frau Quint, die sofort zum Gesangbuch gegriffen und angefangen hatte, laut daraus zu lesen.

Aber eine unendliche Freude hatten sie jeden Sonntagabend. Es kam keiner mehr herein, mochte er noch so sehr klopfen. Dann hatten sie die Quittungen und ähnliche Papiere von den Banken vor sich hingelegt, und nun berechneten sie und vergewisserten sich über ihr Vermögen. Das bartlose, peinlich jeden Tag rasierte, natürlich von ihm selbst rasierte Gesicht, das wie zum Prediger einer Sekte gehörte, mit nach hinten fallenden weißen Haaren, lächelte. Die strengen, scharfen Züge ebneten sich. Und mit sanfter Hand streichelte er alle die schönen Empfangsbescheinigungen. Auch Frau Quint lächelte. Und die beiden Alten besprachen, was sie alles haben könnten: eine große, stattliche Villa, mit Kutscher und Wagen und Dienerschaft. Dass sie reisen könnten, wohin sie wollten. Und was ihnen sonst die Fantasie, die nur an diesen Sonntagabenden erschien, eingab. Doch sie lächelten nur, steckten sorgsam alle Papiere in den großen eisernen Kasten und verwahrten ihn in der Kommode im Schlafzimmer.

\* \* \*

Das Ehepaar Quint hatte nur einen einzigen Verwandten: das Kind eines verstorbenen Bruders der Frau. Dieser Verwandte hieß Fritz Wedderpfahll. Er lebte in demselben Städtchen wie sein Onkel und war Tischlergeselle. Ein guter, stiller, fleißiger Mensch, der sein Handwerk verstand. Aber er war auch etwas schwerfälligen Geistes. Nun, siebenundzwanzig Jahre alt, wollte er endlich Meister werden. Das ging jetzt gerade gut, weil sein Meister gestorben war und er von der Witwe das Geschäft für viertausend Mark übernehmen konnte. Auch hatte er sich just mit einem tüchtigen Dienstmädchen verlobt. So traf denn alles für ihn zusammen, um seinen eigenen Herd zu gründen und seinen eigenen Weg zu gehen. Aber hier haperte es: Es fehlte durchaus an Geld. Sowohl er wie seine Braut hatten keinen Pfennig von Hause; und das bisschen, das sie sich erübrigt hatten, genügte nicht, um selbstständig zu werden. Da gedachte Fritz Wedderpfahll seiner Verwandten. Sein Onkel Quint würde ihm jedenfalls die viertausend Mark leihen. Dieser Gedanke setzte sich fest bei ihm. Zwar kannte er, wie jeder in der Stadt, den fabelhaften Geiz seiner Verwandten. Er hatte auch deshalb keinen Verkehr mit ihnen. Doch diesmal, so glaubte er sicher, würden die verwandtschaftlichen Bande es machen, dass ihm sein Onkel das Geld gäbe. Mein Gott, er wollte es ja nicht geschenkt haben; schon nach einigen Jahren würde er es, bis dahin gut verzinst, zurückgeben können. Er überlegte einige Tage, wann er den Gang tun wollte, und beschloss, den nächsten Sonnabend Abend dazu seine Sonntagskleider anzuziehen.

Dieser Sonnabend war ein wundervoller Maitag. Die Buchfinken waren außer sich vor Freude. Die Stare gingen schnell, mit nickenden Köpfen, über die Wiesen, um nach Würmern zu suchen. Und die Nachtigallen sangen Tag und Nacht.

Fritz Wedderpfahll hatte sich mit seiner Braut alles überlegt, was er sprechen wollte bei seinem Besuch. Und die beiden guten Menschen waren voller Hoffnung, dass es glücken werde. Je näher der Abend aber herankam, je mehr zog es sich in Fritz Wedderpfahlls Seele zusammen. Er hatte seine Verwandten, die ihn bei seinem letzten Besuch unfreundlich behandelt hatten, lange nicht gesehen. Ihre Kälte damals schnürte ihm das Herz zusammen. Aber er dachte, wenn er ihnen alles klar auseinandersetzen würde, dann wärs möglich, ja gewiss, dass sie ihm helfen würden. Und mit diesen guten Gedanken klopfte er abends, beim Dunkelwerden, an die Tür Quints an.

Die Tür öffnete sich, und Herr Quint sah mit Verwunderung seinen Neffen vor sich stehen.

»Nun, was gibts so spät noch?« Mit diesen Worten geleitete er ihn ins Zimmer, wo seine Frau saß, vor sich das Gesangbuch, aus dem sie eben, wie Fritz Wedderpfahll hörte, angefangen hatte, laut zu lesen, als er in die Haustür trat. Auch sie betrachtete ihren Neffen verwundert, über die Brille weg. Und es flog ein Blick aus ihrem Auge nach dem ihres Gatten.

»Nun sag mal, wie gehts dir denn«, fing der Alte an. »Du hast dich ja mit einem braven Mädchen verlobt.«

»Das hab ich euch doch angezeigt«, antwortete der Neffe.

»Jawoll, jawoll, das hast du uns angezeigt, und wir danken dir auch dafür. Hat deine Braut ein bisschen Geld? Denn sonst gehts doch nicht.«

»Nein, Geld hat sie ebenso wenig wie ich, und deshalb komme ich zu euch, um ...«

»Halt, was meinst du?«

»Um euch zu bitten, mir auf einige Jahre etwas vorzustrecken.«

»Um des Himmels willen, wo denkst du hin. Du weißt doch, wie alle andern, dass meine Frau und ich kein Geld haben. Das bisschen, das wir uns in all der Zeit erübrigt haben, liegt auf der Bank in Hamburg. Und davon können wir nichts entbehren; das brauchen wir selbst, wenn wir nun endlich mal so weit sind, dass ich mir nichts mehr verdienen kann. Du hast ja auch durchaus keine Sicherheit, mein lieber Fritz.«

»Das will ich euch nun mal alles auseinandersetzen. Eine Sicherheit habe ich nicht. Das, was ich besitze, sind etwa sechshundert Mark ersparte Gelder. Aber damit kann ich nichts anfangen. Um zu heiraten und um die Werkstatt von der Witwe zu kaufen, brauch ich viertausend Mark.«

»Viertausend Mark? Menschenkind, bist du denn verrückt? Wo soll ich denn das Geld herkriegen? So viel haben wir ja kaum auf der Bank in Hamburg. Nein, daran ist nicht zu denken.«

Fritz Wedderpfahll schwieg einen Augenblick und sah vor sich hin, dann sagte er ruhig: »Wenn ihr mir auf vier Jahre die viertausend Mark leiht, so geb ich es euch, mit Zinsen, in jedem Jahr zurück mit tausend Mark.«

»Nein, lieber Fritz, das geht nicht, das kann ich nicht machen. Und das musst und das wirst du auch selbst einsehen nach dem, was ich dir eben über meine Vermögensverhältnisse gesagt habe.«

Aber Fritz Wedderpfahll sah wieder vor sich hin und sprach dann weiter: »Seht doch mal, ihr leiht, das weiß ja die ganze Stadt, euer Geld an alle, die euch darum bitten und die Sicherheit geben. Immer habt ihr euer Geld mit Zinsen zurückbekommen ...«

»Was meinst du da?«, erwiderte, ein wenig bleich geworden, Herr Quint. »Wie meinst du das? Nun ja, dann will ich dir mal etwas sagen: Alle, die Sicherheit haben, bekommen Geld von mir. Du kannst keine Sicherheit bieten, *und du bekommst nichts!*«

Mit Fritz Wedderpfahll schien etwas vorzugehen. Er blieb noch einen Augenblick sitzen, dann erhob er sich und ging, ohne Lebwohl zu sagen, hinaus.

Die beiden Alten sahen ihm mit weiten Augen nach; und sie blieben auch sitzen und sprachen kein Wort, bis Fritz Wedderpfahll aus der Haustür verschwunden war. Dann sagte Herr Quint: »Der kommt nicht wieder.« Und beide lachten hämisch hinter ihm her.

Fritz Wedderpfahll ging nicht in die Stadt zurück; er ging hinaus. Schwerfällig und als wenn er körperlich geschlagen wäre. So duselte er vor sich hin.

Ein anderer als er hätte sich zusammengenommen und hätte sich gesagt: Nun, da werd ich mir selbst helfen. Ein Tisch, ein Schrank, ein Bett, eine Kommode sind schnell gemacht. Und die Witwe lässt es mich abarbeiten. Also rasch geheiratet. Alles wird gehen.

Aber so dachte er nicht. Er konnte es nicht fassen, dass ihm eben ein abschlägiger Bescheid geworden war. Er ging in die Nacht hinein. Und je weiter er wandelte, umso mehr umdunkelte es ihn. Die ganze herrliche Sommernacht, alle die Nachtigallen, die von allen Seiten schlugen – *er* hörte sie nicht.

So war er immer weiter gegangen, bis er am Rande eines kleinen Gehölzes anlangte. Hier ging er zu einem Weidenbaum. Dann nahm er sein großes Taschentuch, knotete es fest und legte es über einen bequemen Ast. Dann legte er sich hinein und hängte sich auf.

\*   \*   \*

Am andern Morgen ward der Tod Fritz Wedderpfahlls gleich bekannt; auch Quints hörten es. Sie hatten Glück gehabt: Keiner hatte gesehen, dass er zu seinen Verwandten gegangen war. Etwa nach einem Vierteljahr, als das Gericht alles in Ordnung gefunden hatte, erbten sie sogar noch die hinterlassenen paar hundert Mark ihres Neffen.

Allmählich wurden sie älter und älter – und geiziger und geiziger. Noch immer konnte Quint nach Hamburg fahren auf seine Banken. Noch immer ging es, dass er mit zwei Semmeln in Hamburg durchkam. Aber die Achtziger rückten näher und näher. Und gemach fing es an, mit den beiden alten Leuten zu hapern.

Der unerträglichste Gedanke wurde ihnen immer mehr der, dass andre Leute ihr Geld, ihr schönes, ihr wunderschönes Geld in die Hände bekommen sollten. Erben hatten sie nicht; also musste es der Staat sein, der es einzog. Nein, dann lieber irgendeine Wohltätigkeitsanstalt. Auch das war ihnen ein gräulicher Gedanke.

Sie überlegten hin und her. Da, eines Abends, sie hatten noch kein Licht angesteckt, als der Novemberwind die letzten Blätter draußen an die Fenster warf, sagte plötzlich der Alte: »So machen wirs, höre mich, und erschrick nicht, und fall mir nicht in die Rede. Wir beide sind an der Grenze angekommen, dass wir uns gegenseitig nicht mehr helfen können. Wer weiß, bald wird eins von uns krank, und dann müssen wir endlich Beistand ins Haus nehmen. Oder auch, einer von uns stirbt. Bleibst du nach, so wüsstest du nicht, wie du ohne fremde Menschen mit dem Gelde auskommen sollst; ich meine, wie du es mit den Banken machen könntest. Denn du allein vermöchtest nicht mehr nach Hamburg zu fahren, um die Sache in Ordnung zu halten. Jetzt sind wir noch beide obenauf. Da denk ich denn so: In der ersten Woche zwischen Weihnacht und Neujahr hol ich mir an einem Tage das gesamte Geld hierher. Oder lässt es sich nicht an einem Tage bewerkstelligen, so nehm ich mehrere Tage dazu. Haben wir all unser Geld, es muss annähernd eine halbe Million Mark sein, hier bei uns, so erfreuen wir uns noch zwei, drei Tage daran, und gehen dann, ich weiß schon eine Stelle, und vergraben es vier Fuß unter die Erde. Wenn wir zurückkehren, verbrennen wir alle Quittungen, legen uns zur Ruhe und schließen die Ofenklappe. Dann sind wir am andern Morgen tot.«

Es war völlig dunkel geworden. Das Ehepaar Quint sah sich nicht mehr. Und aus der Dunkelheit klang die Stimme von Frau Quint: »So wollen wir es machen.« Dann holte sie die Lampe. Und sie saßen noch bis in die späte Nacht auf, um alles genau zu besprechen.

Weihnacht war bald da. Und in der Woche zwischen Weihnacht und Neujahr fuhr der Alte nach Hamburg, um sein Geld abzuholen. Aber die vier Banken, auf denen das Geld stand, waren, ohne mit einer Miene ihr Erstaunen kundzugeben, nicht imstande, das Geld gleich abzuliefern. Es dauerte mehrere Tage, bis es geschehen, bis endlich das ganze Geld, es waren 491 783 Mark 32 Pfennige, in Quints Händen war. Darüber war es Mitte des Januars geworden.

Nun saßen sie beide an der einen Seite des gänzlich abgedeckten großen Schneidertisches und zählten mit schmunzelnden Gesichtern ihre »Gelder«. Alle Türen waren verschlossen.

Am dritten Tage, abends 8 Uhr, machten sie sich, dicht eingehüllt, auf den Weg. Er trug einen langen Spaten unter seinem Rock. Es war ein kalter, feuchter Januartag,

Halbmond. Sie begegneten keinem Menschen. Nach einer halben Stunde bogen sie ab vom Wege. Sie waren angelangt. Nachdem sie sich umgesehen und gehorcht hatten, fing der Alte an zu graben. Die Erde war nicht gefroren, alles ging gut. Als er die vier Fuß hinausgeworfen hatte, legte er das sorgsam in Papier eingewickelte Geld hinein und warf das Loch wieder zu, ebnete die Stelle, drückte den Grasboden wieder darauf, und – begraben lag es. Sie gingen, sie hatte ihn eingehakt, als wenn nichts geschehen sei, stumm wieder zurück. Zu Hause angekommen, verbrannten sie erst alle ihre Quittungen und legten sich dann, nachdem Herr Quint die Ofenklappe abgedreht hatte, zu Bett.

Als am zweiten Tage das Haus nicht geöffnet wurde, ließ es der Bürgermeister aufbrechen. Sie fanden die beiden Alten in ihren Betten tot.

## Der alte Wachtmeister vom Dragonerregiment Anspach-Bayreuth

Es hat sich in den Jahren der Befreiungskriege zugetragen. Nicht in der Schlacht an der Katzbach, bei Leipzig oder Waterloo oder in irgendeinem anderen großen Treffen. Sondern bei einer größeren Rekognoszierung, wie sie zuweilen von den Oberfeldherren, von den Oberbefehlshabern einer Armee ausgeführt wird, entweder nur in Begleitung von wenigen Generalstabsoffizieren und Adjutanten oder mit ein oder zwei Regimentern Reiterei.

\* \* \*

Die Sommersonne bescheint ein einsames Häuschen mitten auf der Heide. Es ist frühmorgens. Vor der Tür der Hütte sitzt in einem alten ledernen Lehnstuhl ein Greis. Er trägt die Uniform des früheren Dragonerregiments Anspach-Bayreuth. Auch das Zöpfchen fehlt nicht.

Er ist ganz allein. Ob die anderen Bewohner des Häuschens geflohen, ob sie weggeführt sind und wohin, ist gleichgültig. Der Greis ist ganz allein.

In weiter Ferne klingts wie schwaches Donnern eines Gewitters. Oder sind es Geschützschläge? Bald hört es auf. In der Luft zittert und flimmert und glüht es. Auf der Heide ist es still wie immer. Eine Lerche steigt in die Lüfte und frohlockt ihr Lied. Der eigentümliche Duft der Heidekräuter und der wenigen Blumen des kleinen, armseligen Gartens ist zu spüren. Eine kleine Eidechse schillert und schießt pfeilschnell vorbei. Es ist ein einziges Bienengesumme.

Dem Alten scheinen Erinnerungen zu kommen: Mit zwanzig Jahren zog er in den Zweiten Schlesischen Krieg als Dragoner im Regiment Anspach-Bayreuth. Dann machte er viele Schlachten mit: bei Hohenfriedeberg, bei Prag, bei Roßbach, bei Leuthen. Die Augen des alten Soldaten blitzen ... Bei Leuthen, wo er die feindliche Standarte nahm. Der König ritt an ihn heran: »Wie heißt Er?« – »Steinmann, Majestät.« – »Schöne Tat, will ihn belohnen, Er ist Wachtmeister.«

Bei Zorndorf, bei Liegnitz, bei Torgau. Mit Ziethen bei Torgau! Verdammt! Hier reißt eine Geschützkugel dem Wachtmeister den linken Fuß weg. Mit dem Soldatensein ists vorbei für immer ... Der Invalide träumt weiter: Von der hübschen Müllerstochter, die ihm treu geblieben ist; von seinen Kindern, von Kummer und schwerer Tagesarbeit, von Glück und Liebe und Frieden. Er weiß nicht mehr, wie lange das her ist; er weiß nicht mehr, wie alt er ist.

Zuweilen steht er auf und humpelt mit seinem Stelzfuß durch die offen stehende Tür ins Haus, wo auf dem Herd ein Feuerchen lebt, das ihm seine karge Mittagssuppe fertig macht.

Dann humpelt er wieder nach seinem Lehnstuhl draußen. Es ist bald 12 Uhr. Die unendliche Stille und Einsamkeit der Heide dauert fort. Nichts ist zu sehen, nichts ist zu hören. Nur ein einziges Bienengesumme tönt überall als einziges Geräusch.

Zuweilen nickt er auf Minuten ein. Wenn er erwacht, hält er die Hand über die Augen und beschattet sie gegen die Sonne. Die pralle Sonne tut ihm sonst nichts; er findet sie behaglich warm.

Bei einem seiner Gänge ins Haus hat er sich seine Uniform, die Uniform des Dragonerregiments Anspach-Bayreuth, angezogen. Die hat er sich durch sein langes Leben aufbewahrt. Und so sitzt er nun in seinem Lehnstuhl. Den Pallasch hat er sich umgegürtet. Das gesunde Bein trägt den hohen Stiefel mit Sporn. Den Krückstock hält er in der Linken.

Immer noch dieselbe Stille und Einsamkeit. Nur ein einziges Bienengesumme auf der ganzen weiten Heide. Sonst ist nichts zu hören. Am Horizont flimmert die Hitze. Doch was ist das? Aus dieser flimmernden Hitze am

Horizont löst sich ein schwarzer Punkt, lösen sich schwarze Punkte. Bald ists deutlich und erkennbar: zuerst ein einzelner Reiter, dann ein kleiner Trupp Reiter hinter ihm, und dann, so scheint es, ein ganzes Reiterregiment. Alles kommt langsam näher, grad aufs Häuschen zu. Noch immer reitet der eine allein voran. Dann sprengen plötzlich zwei Offiziere vor. Im Galopp jagen sie an die Hütte heran. Und halten hier mit einem Ruck ihre Pferde an. Einen Augenblick ists, als wenn sie etwas nicht begreifen können. Dann reden sie mit lebhaften Gebärden und mit lebhaftester Zunge auf den Alten ein. Sie sprechen Französisch. Der versteht kein Wort, was sie schwatzen. Er bleibt stumm in seinem Sessel sitzen. Nun machen sie plötzlich Kehrt und preschen wie Indianer, die eine wichtige Entdeckung gemacht haben, zurück. Der eine von ihnen hält bei dem einzelnen Reiter an und lüftet die Kopfbedeckung und meldet. Dann kommt, immer der einzelne Reiter allein voran, die ganze Kavalkade ans Haus geritten. Ist es das menschgewordene Schicksal, der da vornweg reitet? Es ist Napoleon, das Genie! Er ist so bekleidet, wie wir ihn alle aus dem Bilde von Horace Vernet kennen. Die eisernen Züge sind erstarrt; wie aus Feuermassen, aus flüssigen Feuermassen erstarrtes Eisen. Seine Augen sehen groß und tief auf den alten Wachtmeister. Ein wenig Bewegung: Der Kaiser fuchtelt mit der kurzen Reitpeitsche herum. Er lässt sie am Halse seines Schimmels auf und ab gleiten, als wenn er Fliegen von seinem Pferde scheuchen will. Dann ruft er einen Namen. Aus seinen Generalen sprengt ein grauhaariger zu ihm. Er gibt ihm einen Befehl. Der springt vom Pferde und, es am Zügel führend, geht zum Wachtmeister. Und fragt ihn aus in seinem elsässischen Deutsch. Die beiden verständigen sich. Der General meldet dem Kaiser. Und der Kaiser steigt ab. Und mit ihm steigt ab sein ganzes Gefolge, und hinter diesem steigt ab das ganze Kürassierregiment Graf Latour. Und der Kaiser, den Zügel seinem Mamelucken hinwerfend, geht zum Alten. Er drängt ihn, der sich erheben will, in den Lehnstuhl zurück. Der Kaiser winkt wieder dem General, der elsässisches Deutsch spricht. Und unterhält sich nun auf diese Weise mit dem Wachtmeister des Dragonerregiments Anspach-Bayreuth. Merkwürdig: Er lässt ihn nicht ausfragen nach Land und Leuten, nach dem, was er von Truppenbewegungen in den letzten Tagen etwa gesehen hat, oder nach ähnlichen Dingen. Aber er muss ihm vom alten Fritz erzählen. Des Kaisers Augen liegen groß und starr auf den Zügen des fridericianischen Soldaten. Seine Züge erhellen, erheitern sich. Er summt vor sich hin die italienische Übersetzung des Schillerschen Reiterliedes: »Audiam audiam a cavallo«. Und wenn er dies vor sich hinsingt, atmet seine ganze Umgebung auf. Der Kaiser ist dann »in guter Laune«.

Als Schleier und Aufpassposten vorgeschickte Reiter galoppieren zurück: dass feindliche Kavallerie, wohl in Stärke eines Regiments, in Sicht kommt. Napoleon summt weiter: »Audiam, audiam a cavallo«, und besteigt ruhig seinen Schimmel, nachdem er dem Alten freundlich die Hand gegeben hat. Der Kaiser und sein Gefolge kehren langsam, »pomadig« zurück. Auf einen Wink des Kaisers eilt Graf Latour, der Kommandeur des begleitenden Kürassierregiments, zu ihm. Er gibt ihm einen Befehl: den Befehl, Front zu machen und dem feindlichen Reiterregiment entgegenzugehen. Er selbst reitet mit seinem Gefolge, als kümmere ihn die ganze Welt nicht, ruhig im Schritt zurück. Da stößt ein äußerst fantastisch gekleideter General aus dem Gefolge auf den Kaiser und scheint ihm fast flehentlich eine Bitte vorzutragen. Der Kaiser gewährt sie lächelnd und summt weiter: »Audiam, audiam a cavallo.« Es war Murat, der König von Neapel, der Schwager des Kaisers, das Reitergenie, der die Bitte vorgetragen hat. Er jagt dem Kürassierregiment nach, unterwegs den krummen Türkensäbel ziehend. Sein Fuchs ist mit Tigerdecken belegt. Murat trägt eine polnische Czapka, mit einer langen Reiherfeder dran, die durch einen großen Diamanten gehalten wird. Sein hellblauer Dolman leuchtet in der Sonne. Nun ist er beim Grafen Latour, der weit vor seinem Regiment reitet, und zieht mit dem Kürassierregiment dem feindlichen Reiterregiment entgegen.

Dies feindliche Reiterregiment ist das zweite preußische Kürassierregiment, entstanden aus dem früheren Dragonerregiment Anspach-Bayreuth. Und auch diesem Regiment reitet weit voran der Oberst und Kommandeur Graf Barfuß. Aber auch neben dem Grafen Barfuß reitet einer, ein alter General mit langen Gamaschen und einer großen, steifen Feldmütze mit einem riesigen Mützenschirm. Es ist der alte Blücher, der Marschall Vorwärts, der Vater Blücher. Auch er hat, mit einem Reiterregiment als Begleitung, eine Rekognoszierung vorgenommen.

Die beiden Regimenter nähern sich. Fanfaren. Und sie prasseln ineinander. De ol Blücher kreuzt den Säbel mit dem König von Neapel. Und die beiden Obersten und Regimentskommandeure hauen sich herum wie »nichts Guts«. Die Franzosen werden geworfen, die Preußen sind Sieger. Alles, Feind und Freund, rast vorbei am Häuschen. Der alte Wachtmeister steht aufrecht. Er stützt sich mit der Linken auf den Lehnstuhl. Die Rechte hat den Pallasch gezogen.

Ehe die Sonne untergeht, kommen die preußischen Kürassiere zurück. Blücher lässt halten und springt, jugendlich wie ein Achtzehnjähriger, vom Pferde. Er eilt auf den Alten zu. Ihm ist die Uniform von den Dragonern Anspach-Bayreuth noch bekannt aus des großen Friedrichs Zeiten. Und er umarmt und küsst den alten Wachtmeister in seiner köstlichen, unwiderstehlichen Art. Dann lässt er die Trompeter den Hohenfriedeberger blasen und reitet mit dem Regiment zurück. Die Sonne sinkt. Immer schwächer klingen die Töne des Hohenfriedebergers. Die Sonne ist gesunken. Sie gab ihre letzten Strahlen dem hochgeschwungenen entblößten Pallasch des Alten. Er bricht zusammen. Er ist gestorben unter den Klängen des Hohenfriedebergers.

Am andern Morgen reitet ein hoher Offizier, nur begleitet von einem Adjutanten, am Häuschen vorbei. »Kleist, sehen Sie, was sitzt oder hockt da?« Der Adjutant springt aus dem Sattel und geht drauf los.

In einem alten ledernen Großvaterstuhl liegt zusammengefallen eine Greisengestalt in der Uniform des Regiments Anspach-Bayreuth. Der König ist näher gekommen:

»Das ist ja die Uniform des früheren Dragonerregiments Anspach-Bayreuth! Und gestern hat sich hier das Regiment neue Lorbeern gepflückt. Ein alter Mann; zu Friedrichs des Großen Zeit Wachtmeister. Notieren: Vielleicht Verwandte – will helfen – mich erinnern.«

www.ingramcontent.com/pod-product-compliance
Lightning Source LLC
Chambersburg PA
CBHW020025030726
47499CB00007B/2279